KB113767

불사의 테스터

불사의 테스터 3

기로 퓨전 판타지 소설

초판 1쇄 찍은 날 § 2017년 1월 17일
초판 1쇄 펴낸 날 § 2017년 1월 24일

지은이 § 기로
펴낸이 § 서경석

편집책임 § 배경근

펴낸곳 § 도서출판 청어람
등록번호 § 제387-1999-000006호
등록일자 § 1999. 5. 31
어람번호 § 제1-2609호

주소 § 경기도 부천시 부일로 483번길 40 서경B/D 3F (우) 14640
전화 § 032-656-4452 팩스 § 032-656-4453
http://www.chungeoram.com
E-mail § chungeorambook@daum.net

ISBN 979-11-04-91167-5 04810
ISBN 979-11-04-91108-8 (세트)

FUSION FANTASTIC STORY

3

기로 퓨전 판타지 소설

불사의 테스터

도서출판
청림

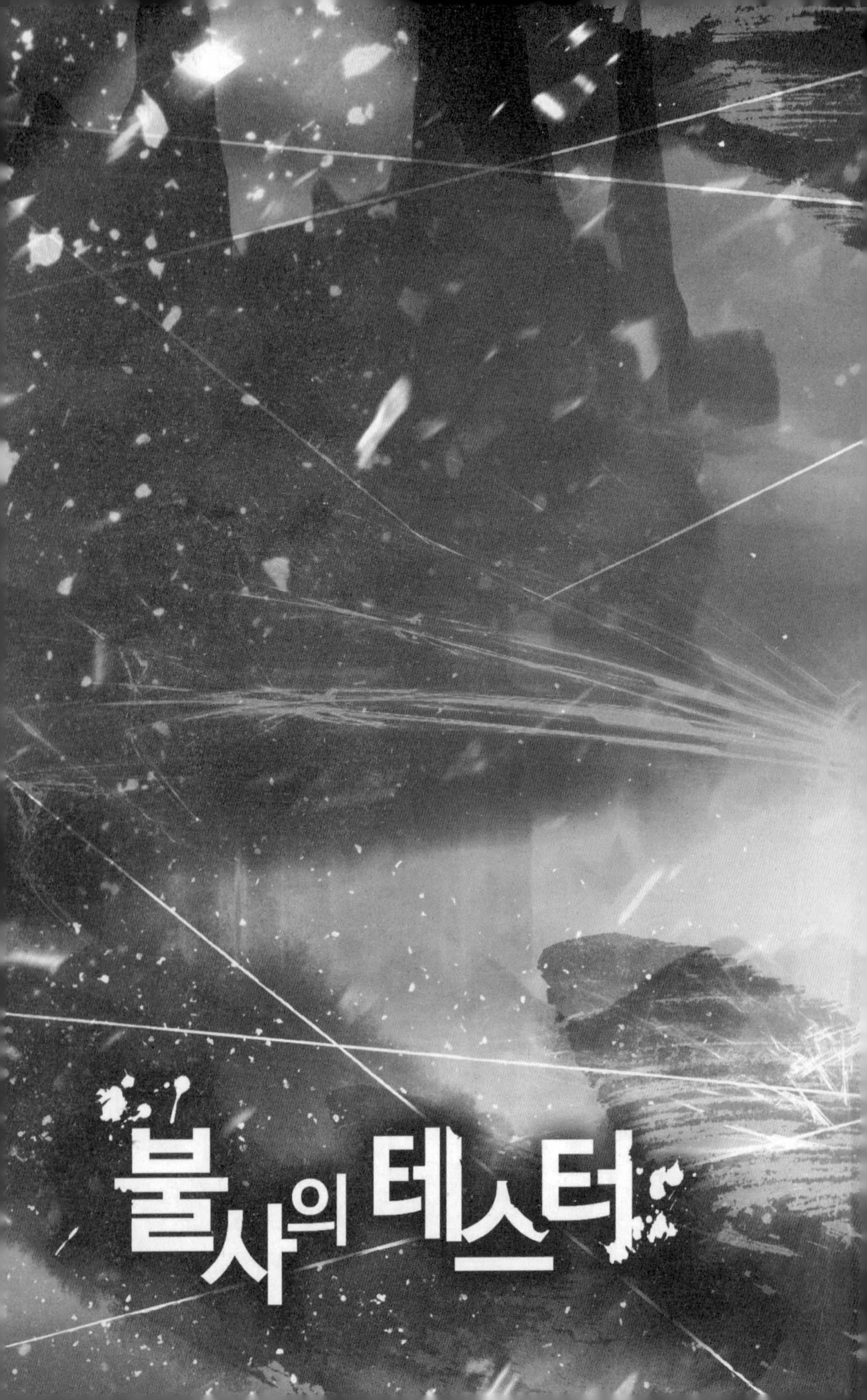
불사의 테스터

CONTENTS

제1장
대현자의 서고

쿵쿵쿵.

"계십니까?"

문을 두드려도 기척이 없어 다시 한 번 문을 두드리려는 찰나 안에서 목소리가 들렸다.

"에잉! 이 멍청아! 문 부서져! 부서지면 네놈이 물어줄 거야? 망할 녀석들. 현자에 대한 예의가 없어, 예의가. 옛날 같았으면 거점 입구에서부터 고개를 숙이고 들어와도 모자랄 판에, 에잉."

현자라고 하기엔 다소 언변이 거칠고 괴팍한 늙은이가 문을 버럭 열며 치호를 맞았다. 그런 이를 보면서 치호는 입가에 슬며시 미소가 지어졌다.

'제대로 찾아온 듯한데? 아직은 좀 미숙해 보여도.'

문을 열고 나온 이는 얼굴에 주름이 자글자글하고 머리는 하얗게 샌 백발의 늙은이였다.

하지만 그의 몸은 근육이 알알이 꽉 들어찬 것이 보통 늙은이처럼은 보이지 않았다.

게다가 그가 치호에게 보인 언사는 거점까지 안내해 주었던 세인이 말한 것처럼 일반 사람들이 보기에 현자처럼은 보이지 않았다.

하지만 치호는 그의 깊은 눈을 한번 보고 슬쩍 미소를 지으며 마음에 든 듯한 표정이었다.

다른 사람이 뭐라고 하든 치호는 현자의 눈을 보고 그가 현자라는 것을 단박에 알아챘다.

보통 사람이 이런 눈을 가지려면 보통의 수양이 필요한 것이 아닐 것이기 때문이다.

그런 눈을 가진 자가 세인의 말처럼 돈이나 밝히는 그런 인물일 수는 없다.

어쩌면 일반 사람들과의 위화감을 줄이기 위한 그만의 노력이라면 또 모를까.

"에잉? 이 멀대 같은 놈이 뭘 보고만 섰어. 위대한 현자를 보고도 태도가 그 모양이라니… 에잉, 하여튼 요즘 테스터 놈들이란. 우리 때만 해도 이렇지는 않았거늘."

"하하. 문 좀 세게 두들겼다고 그렇게 면박 주기요? 까칠하시기는. 처음 뵙소, 현자 카비아. 나 황치호요."

"치호? 무슨 이름이 그 모양이야? 아무튼 들어와 봐. 요즘 테스터치고는 좀 재미있는 면이 있구만. 클클."

치호는 현자의 태도 따위는 상관없다는 듯 웃으며 카비아의 말을 받아쳤고 그런 치호의 태도를 보고 카비아는 피식 웃으며 치호를 집으로 들였다. 현자도 치호의 태도에 흥미가 돈 것 같았다.

"그래. 무슨 일로 찾아왔나? 자네도 직업 때문에 찾아온 게야?"

"음. 직업? 그것도 알면 좋고. 그런 것보다 좀 묻고 싶은 게 있어서 왔소."

"호오, 테스터가 직업은 뒷전이고 질문이 먼저라? 클클, 어디 직업보다 중요한 게 뭔지 들어볼까? 한데 공짜는 아닌 것 알지? 들어보고 내용에 따라 가격이 달라져. 그래도 괜찮겠나?"

"뭐 확실히만 알려준다면 돈 따위야 얼마든 줄 테니 걱정 마시오."

"내가 역시 사람 보는 눈은 아직 죽지 않았어. 클클, 처음 볼 때부터 알아봤다니까? 좋아, 어디 한번 썰을 풀어보게. 내가 아는 선에서라면 충실히 대답해 주지. 뭐가 그리 궁금한 가?"

치호는 돈을 받는다는 소리에 다소 웃음이 나왔으나 크게 신경 쓰지 않았다.

지금의 치호에게 돈 따위는 중요치 않았으니까. 오로지 쥬드의 행방만 알 수 있다면 뭐든지 줄 수 있을 것 같았다.

"혹시 일전에 무슨 꽃에 대해서 묻는 이가 오지 않았소?"

"꽃? 꽃이라……. 흠. 계속 말해보게."

"별건 아니고 그 친구가 어디 갔는지 해서 말이오. 좀 빚진 게 있어서 꼭 갚아줘야 하거든. 그 녀석의 행방에 대해 아는 바가 있소?"

"크흠… 정보료부터 말해야겠군. 1골드만 일단 내게. 자세한 이야기는 셈부터 치른 후 해야겠군."

카비아는 뭔가 말하기 꺼리는 듯해 보였다. 하지만 정보료를 이야기하는 걸 보니 뭔가 알고 있는 것은 확실해 보였기에 치호는 망설임 없이 돈을 건네며 물었다.

"여기 있소. 녀석이 어디 갔는지나 확실히 이야기해 주시오. 돈이 더 필요하면 말하시오. 더 드릴 테니."

"에잉, 누굴 날강도로 아나. 딱 필요한 만큼만 받는 게야.

뭐 딴 놈들이야 내가 수전노니 뭐니 하면서 돈만 밝힌다고 하지만 그게 올바른 정보료인 걸 어쩌나, 흠흠. 아무튼 자네가 찾는 이가 쥬드, 그 친구 맞나? 한 보름쯤 전에 이곳에 와서 라플렌의 꽃에 대한 정보를 알고 싶다며 찾아왔었지."

카비아의 입에서 쥬드의 이름이 나오자 치호의 입가에 사악한 미소가 피어올랐다.

카비아는 그 표정을 보고 계속 말을 해야 하나 말아야 하나 고민하는 듯했지만 결국 돈을 받은 것이 주효했는지 이야기를 이어갔다.

"자네 표정을 보니 맞는 모양이야. 아무튼 그 친구가 찾아와서 대뜸 라플렌의 꽃에 대해 묻기에 내가 아는 바는 다 이야기해 줬지. 뭐 꽃을 찾을 수 있는 곳을 알고 싶다나 어쩐다나."

"그래서 어떻게 되었소?"

"내가 아는 걸 다 이야기해 주긴 했는데 말일세. 그 친구가 원하던 정보는 아니었던 모양이야. 별로 만족한 표정은 아니었거든. 해서 내가 그 꽃에 대한 것을 찾을 다른 방도를 알려 줬지."

"그건 무슨 방법이오?"

"흠. 그건 정보료가 좀 센데… 어째 감당할 수 있겠나?"

카비아가 말을 하기 꺼리는 듯하자 치호는 얼른 주머니에서

10골드를 꺼내 카비아에게 건넸다.

"이 정도면 충분하시오?"

"이 친구가 뭘 좀 아는군, 클클. 이 정도면 충분하지."

"어서 말해보시오. 그 방법이란 것이 무엇이오?"

"바로 대현자의 서고를 안내해 줬지. 그곳에는 아마 라플렌의 꽃에 대한 기록이 있을지도 모르거든. 뭐 사실 나도 라플렌의 꽃에 대해 말만 들었지 실제로 본 적은 없어서 말일세."

"대현자의 서고?"

"그렇지. 이 거점에서 동쪽 방향으로 5일 밤낮을 가다 보면 동굴 하나가 나오는데, 거기가 바로 대현자의 서고네."

치호는 스킬 〈셀렌의 안목〉에서 언급되었던 대현자의 칭호가 나오자 다소 흥미로웠다.

대현자의 칭호가 흔한 것은 아닐 것이다. 하물며 스킬에서 언급된 티벨론 근처에서 대현자와 관련된 것이 나왔다면 어떤 식으로든 연관이 있을 것은 틀림없다.

하지만 이런 추측을 내색하지 않고 계속해서 카비아에게 물었다.

"대현자? 대현자의 서고면 꽤 중해 보이는 자료들이 많을 텐데 이렇게 쉽게 이야기해 줘도 되오? 거기다 5일 정도면 이 근처에서 활동하는 테스터들도 알 만한 이들은 모두 알 텐데?"

"그럼, 알지. 알고말고. 한데 동굴이 그렇게 호락호락하지 않네. 대현자의 서고답다고 할까? 아니면 인간을 아예 들이지 않으려는 의도인지 몰라도 지금까지 그 서고에 들어가서 서고의 구경은커녕 몸 성하게 나온 이조차 없다는 게 문제지."

"호오, 그렇소? 어쨌든 그곳으로 쥬드가 떠났다는 거지?"

치호는 카비아의 말을 듣고 얼른 일어서려고 했다. 대현자의 서고에서 살아 나온 녀석이 없어도 녀석은 회귀자라고 했으니 어떤 수를 쓰든 살아 나올 것이다.

녀석의 위치를 알아낸 이상 더 이상 망설일 시간 따위는 없다.

녀석이 또 빠져나가면 얼마나 지루한 추적이 계속될지는 알 수 없었기 때문에 이번 기회를 놓치고 싶지 않았다.

그런 치호를 카비아가 잡으며 말했다.

"한데… 자네 혹시 그 친구와 풀지 못한 은원이라도 있는 게야? 표정을 보니 영……. 아니겠지? 어지간하면 그냥 가슴에 묻고 사는 게 어떤가? 내가 볼 때 그 친구 건드려서 좋을 게 없어 뵈던데 말이야."

"걱정 마시오, 현자 카비아. 정보는 아주 쓸 만했소."

"클클, 그럼 일단 정보는 만족한 모양이군. 그럼 잠깐 기다려 보게. 가기 전에 직업이나 한번 봐주지. 이건 서비스니까 돈은 필요 없네."

"아, 직업. 한데 그거 하면 여기서 직업을 선택해야 하고 뭐 그런 거요?"

치호는 직업이라는 말에 일어서려다가 다시 자리에 앉았다.

어떤 식으로 직업을 골라준다는 것인지 궁금하기도 할뿐더러 치호도 앞으로 직업을 선택해야 하니 알아두면 좋을 것이다.

하지만 쥬드를 처리하기 전에 직업을 얻는 것은 사양이다. 어쩌면 또 그 통로 때문에 사달이 날지도 모르니까.

"아니지. 나는 그저 방향을 제시할 뿐이지. 결국 선택은 본인이 하는 게야. 난 그저 테스터들의 재능이나 경험을 보고 어떤 방향의 직업을 선택하면 득이 될 수 있는지만 알려줄 뿐이네. 아무리 좋은 직업이라도 본인이 하기 싫다면 안 하는 게지, 클클."

고개를 저으며 카비아가 말했고 치호는 다행스럽게도 지금 직업을 선택할 필요가 없다는 소리에 이야기를 계속 들어보기로 했다.

"그래. 어떤가, 직업 조언 한번 받아보겠나?"

"좋소. 뭐 어차피 나도 나중에 직업을 정해야 하니 뭐 그것도 좋겠지. 어떻게 하는 거요?"

"잠시 기다려 보게. 자네 돈도 많이 썼고 하니 내가 신경 써서 봐주지."

카비아는 그렇게 말하고는 명상을 하듯이 눈을 감았다가 잠시 후 다시 뜨자 그의 눈은 한층 더 깊어져 현기마저 느껴지는 것 같았다.

그런 카비아의 눈을 바라보다가 문득 치호의 눈앞에 메시지가 하나 떠올랐다.

[상대보다 기량이 높아 방어에 성공했습니다.]

'방어?'

치호는 뜬금없이 떠오른 메시지에 의문을 표하기도 전에 카비아에게서 감탄사가 터져 나왔다.

"허… 내 스킬을 막아내다니. 기량이 보통이 아닌가 보군. 하긴 그 정도는 되어야 쥬드 녀석을 쫓아갈 만하지, 클클. 어쩐지 믿는 구석이 있었군그래?"

"음? 카비아, 뭔가 한 것이오?"

"그렇네. 이 스킬을 사용하면 어지간하면 대충 파악할 수 있거든. 한데 아무래도 자네 기량이 높아서 통하질 않는가 보군. 아무래도 방법을 달리해야겠어. 잠시 기다려 보게. 역시 자네는 재미있군그래, 클클."

아무래도 파악 어쩌고 하는 걸 보니 셀렌의 안목과 비슷한 성질의 스킬인 것 같았다.

스킬로 상대방을 파악한 후 그에 알맞은 직업을 조언해 주는 것 같았다.

카비아의 스킬에 대해서 잠시 생각할 때 치호에게 또 다른 메시지가 떠올랐다.

[현자 카비아가 테스터 황치호의 스킬 및 경험 정보를 열람할 수 있도록 요청하였습니다. 수락하시겠습니까?]

"수락하시게. 정보가 노출될 걱정은 하지 않아도 되네. 열람한 정보를 다른 이에게 말하려는 생각만 해도 백치가 되어 버리는 페널티를 가지고 있으니까. 클클."

"호오… 그렇소? 확실한 거요? 직업 조언 하나 얻으려다가 밑천까지 다 털리는 건 아닌지 모르겠소."

"걱정 말래두. 정 못 믿겠다면 죽음의 서약이라도 써주지."

치호는 카비아가 죽음의 서약을 써주겠다고 하자 믿음이 가는지 그제야 수락이라고 말했다.

죽음의 서약 효과는 치호가 직접 몸으로 체험했으니 그것을 언급할 만큼 자신이 있다면 믿어도 될 것 같았다.

[현자 카비아에게 테스터 황치호의 스킬 및 경험 정보를 공개합니다.]

짧은 메시지가 떠오름과 동시에 카비아는 천천히 정보를 읽어 내리는 것 같더니 안색이 점점 딱딱하게 굳어졌다.

게다가 한참이나 뭔가를 보는 듯하더니 식은땀까지 흘리는 걸 보면 치호의 스킬과 경험 정보를 읽고서 매우 당황한 것 같았다.

시종일관 미소를 짓고 있던 카비아의 얼굴에서 더 이상 미소는 찾아볼 수 없었다.

그의 얼굴에는 당혹스러움과 경악만이 떠올라 있었다. 그런 카비아가 치호에게 떨리는 목소리로 말했다.

"자네… 이… 이 경험들이란 대체. 사람이 맞긴 한가? 이게 가능한 일이야? 허어… 게다가 셀렌의 안목? 맙소사. 이… 이게 어찌된 일인지……."

많이 당황했는지 말까지 더듬어가며 치호의 정보를 읽어 내리던 카비아는 한참 동안이나 치호의 정보를 열람하더니 잠시 눈을 감고 명상을 하는 듯했다.

카비아가 입을 닫아버리니 두 사람 사이에는 어색한 침묵만이 감돌았다.

*　　　　*　　　　*

치호는 잠자코 카비아를 기다렸다. 자신의 경험 목록을 일반 사람이 봤다면 응당 나와야 할 반응이기에 그다지 당황하거나 하진 않았다.

카비아가 눈을 감고 아무런 반응도 보이지 않기에 그를 기다리는 동안 스킬 변환 창을 확인했다.

'음? 56%? 요즘 전투도 자주 했던 것 같은데 왜 아직 약재술의 변환율이 56%밖에 되지 않는 거야? 뭔가 다른가?'

지난번에 도끼술을 변환할 때는 전투를 치르니 스킬 변환이 빨리 되었던 것 같은데 약재술은 지금 확인해보니 아직도 56%밖에 차지 않았다.

근래 들어 전투를 많이 치렀기 때문에 변환율이 적어도 90%이상은 차올랐기를 기대했으나 생각보다 적은 진행률을 보자 그 실망감을 감추지 못했다.

치호가 스킬 변환 속도에 대해서 생각할 때 카비아가 감았던 눈을 뜨며 말했다.

"후우. 자네를 보니 쥬드를 걱정할 때가 아니었군그래, 클클. 오히려 그 친구를 걱정해 줘야겠어."

"뭐 어쩌다 보니 그렇게 되었소."

"자네 경험은… 오히려 내가 자네를 현자라고 불러야 할 정도군그래. 자네 앞에서니 오히려 내가 부끄러운데? 클클."

"아아, 됐소. 뭐 새삼스럽게. 아무튼 직업은 뭘로 해야겠소?

경험을 봤으면 알 것 아니오?"

"에잉, 몰라."

치호는 카비아의 태도에 어처구니가 없어 잠시 반응을 하지 못했다.

직업을 봐준다고 할 때는 언제고 이제 와서 뻔뻔하게 배 째라는 식으로 나오자 어떤 말을 해야 할지 감도 잡히지 않았다.

"아니, 그게 무슨. 남에 정보는 다 봐놓고 이제 와서 모른다고 하기 있소?"

"그게 아니라, 정말 몰라서 그래. 도무지 감이 잡히질 않는군. 자네 경험이면 아무 직업이나 잡아도 대성할 텐데 굳이 조언이 필요한가?"

"그래도 뭔가 있을 것 아니오? 여기는 테스트 필드니까 일반적이진 않을 것 아니오?"

"테스트 필드라고 별것 있나? 다 사람 사는 곳이 거기서 거기지, 클클. 날 보게. 나도 한때는 테스터였지만 여기서 스승 잘못 만나서 현자질하고 있는 것 보면 몰라? 결국 사람은 제 생긴 대로 가게 되어 있어. 알 만한 사람이 왜 이러나?"

카비아의 뻔뻔한 태도에 치호는 헛웃음이 났다. 하지만 치호 역시 어느 정도 예상을 하고 있었기에 그것을 크게 문제삼지 않았다.

다만 테스트 필드에는 지구에서 경험하지 못한 새로운 무엇인가를 찾을 수 있지 않을까 하는 막연한 기대감을 가졌지만 카비아의 말을 들어보니 그건 또 아닌 것 같아 약간의 실망감이 들었다.

"후… 뭐 알았소. 그럼 직업을 결정해서 어디로 가면 되오? 내가 뭐 한다고 해서 다 되는 것도 아니잖소."

"별것 없네. 그저 여신님의 심부름 퀘스트 때처럼 신전에 가서 직업을 결정하면 되네. 가진 바 경험에 따라 직업을 선택할 수 있는 목록이 나오지. 자네는 뭐… 눈 감고 아무거나 골라도 대성이구만. 클클."

"그렇군, 알겠소. 직업은 뭐… 지금 신경 쓸 건 아니니, 아무튼 쥬드 정보는 고맙게 잘 쓰겠소."

치호는 직업에 대해서 딱히 쓸 만한 정보가 나오지 않는 이상 이곳에서 볼일이 없기 때문에 일어나려고 할 때 카비아가 품 안에서 기묘한 구슬처럼 보이는 것을 하나 꺼내며 치호에게 건넸다.

"클클, 이것 가지고 가게."

"이게 뭐요? 생긴 게… 꼭 무슨 눈알처럼 생겨 가지고, 뭐 이런 걸 주고 그러시오?"

"잔소리 말고 가져가. 자네 〈셀렌의 안목〉을 가지고 있더군. 그거면 그걸 가질 자격이 있으니 가져가게. 나도 자네 덕에 내

임무를 하나 끝냈군. 어쩐지 오늘 아침에 끓인 차 맛이 유난히 좋더라니, 클클."

"셀렌의 안목? 그거랑 이 구슬하고 무슨… 이거 설마… 그 눈알이오?"

"클클, 서고에 가져가 보면 알게 될 게야. 자연스레 알게 될 테니 그리 조급할 필요 없네."

그렇게 말하고는 더 이상 할 말이 없다는 듯 테이블 위에 올려진 차를 한 모금 마시며 치호에게 축객령을 내리는 듯했다.

하지만 차를 마시는 그의 모습은 지금까지와는 분위기가 사뭇 달라 보였다.

마치 차를 음미하듯 눈을 감고 있는 카비아의 분위기는 말조차 걸 수 없을 정도로 엄숙해 보였기에 치호는 방해하고 싶지 않아 카비아가 건넨 구슬을 챙기고 천천히 몸을 일으켰다.

문을 열고 나가려는 그때 카비아가 낮고도 진중한 목소리로 물었다.

"한 가지만 묻지. 자네가 보기에 난 이대로 괜찮은가?"

치호는 다소 당혹스러운 카비아의 물음에 의문을 표할 법도 하건만 잠시 생각하는 듯하더니 고개도 돌리지 않은 채 말했다.

"다 돌고 도는 것 아니겠소? 그러다 보면 또 돌아올 거요."

카비아의 선문답에 치호 역시 선문답으로 대답했다. 하지만 카비아는 그 대답을 알아들었는지 그저 고개를 끄덕이며 낮은 목소리로 읊조렸다.

"겨우 두 번째 필드에서 대현자 셀렌과 투신 바르시의 선택을 받은 자라… 앞으로 어떻게 될지 예측조차 못하겠군, 클클. 앞으로 필드가 시끄러워지겠어. 새 시대가 열리는 겐가."

카비아가 조용히 읊조렸지만 그 물음에 대답해 줄 이는 아무도 없었다.

치호는 이미 떠나 그가 머물렀던 자리에는 오로지 카비아의 시선만 닿을 뿐이었다.

치호가 사라진 자리만 묵묵히 바라보던 카비아는 치호가 남긴 돌고 돈다는 말 한마디만 연신 중얼거리며 곱씹을 뿐이었다.

그런 카비아의 모습은 처음 치호와 만났을 때와는 사뭇 달라진 듯한 모습이었다.

그의 모습을 보면 이번의 만남으로 치호보다 카비아가 더 큰 것을 얻은 것처럼 보였다.

*   *   *

[대현자 셀렌의 눈을 획득하였습니다.]

'대현자 셀렌의 눈이라. 이런 게 왜 아직도 남아 있는 거야?'

카비아의 물음에 답하고 나온 치호는 눈앞에 떠있는 메시지를 보고 다소 어처구니가 없었다.

벌써 죽은 지가 최소 수백 년은 됐을 녀석의 눈알이 아직도 남아 있다는 게 신기하기도 했고 그걸 품에 지니고 있는 녀석이 있다는 것도 묘한 기분이었다.

셀렌의 눈알을 꺼내 이리저리 살펴봤으나 딱히 숨겨진 장치 같은 건 없는 듯해서 품 안에 넣었다.

카비아의 말대로 대현자의 서고에 가면 알아서 풀릴 일을 가지고 먼저 고민할 필요는 없어 보였기 때문이다.

'일단 보급부터 하고… 곧 반가운 얼굴을 볼 텐데 후줄근한 모습으로 보기엔 좀 민망하니까.'

치호는 쥬드와의 만남을 생각하며 발걸음을 재촉했다. 그곳에서 무슨 일이 있을지 모르니 서둘러 움직여야 할 것이다.

망설임 없이 걷는 치호의 발걸음은 한 걸음 한 걸음이 가볍게만 느껴졌다.

마치 오래된 연인을 만나기 직전의 설렘을 간직한 듯한 그의 발걸음이 향하는 곳은 상점이 있는 거리였다.

그곳에서 일단의 보급을 하고 바로 출발할 셈인 듯했다.

상점가 거리에는 여러 테스터들이 자신의 물건들을 교환하거나 사고파는 듯한 모습이 보였다.

게다가 상점 앞에 긴 줄을 보니 이곳 상점 수정에서 대량의 물건을 구매해서 각 임시 거점으로 물건을 나르는 것 같았다.

거점 발보아에서처럼 시간을 가지고 여유롭게 물건을 볼 수는 없을 것 같아 마음에 들지 않았지만 오랜만에 사람과 사람이 만나 활기찬 모습을 보니 치호의 마음에도 활력이 도는 것만 같았다.

게다가 이곳에서는 루소의 거점처럼 판매되어선 안 될 것들을 매매하는 행위는 일어나지 않는 걸 보니 썩 괜찮은 듯 보였다.

제사장 베툴루가 이곳을 추천한 이유가 대충 이해가 갔다. 앞서 만난 세인과 그람의 관계도 그렇고 녀석들이 믿음을 가질 만한 분위기였다.

하지만 이런 겉으로 보이는 것만 보고 결정을 내리기엔 조금 이르다.

한 부족의 미래를 결정하는 일이기에 쉽게 예단해서는 안 되기 때문에 일단 쥬드를 처리하고 난 후 좀 더 면밀히 살펴볼 필요가 있을 것이다.

이곳은 발보아와는 다르게 규모가 남다르니 분명 어딘가

어두운 면도 있을 것이다.

그 부분을 보지 못하고 원주민들에게 이곳을 추천할 수는 없는 노릇이니 시간을 가지고 여유롭게 돌아보기로 했다.

"다음! 빨리빨리 와, 뒤에 줄 서 있는 거 안 보여? 어디다 그렇게 정신을 팔고 있어?"

치호가 원주민들을 생각하고 있을 때 어느새 치호의 차례가 되었는지 상점 주인이 치호를 부르는 소리가 들렸다.

이곳의 상점 주인은 발보아의 상점주와는 다르게 매우 바쁜 듯 보였다.

치호는 얼른 상점 수정에 손을 올리고 물품 목록을 띄웠다. 현재 가진 돈이 현자 카비아에게 준 11골드를 제하고도 100골드나 남아 있으니 물품 구입에 돈을 아낄 필요는 없을 것 같았다.

물품을 적당히 구매하던 중 치호는 깜빡이며 신규라고 써 있는 물품들을 볼 수 있었다.

'호오, 죽음의 서약이 신규 아이템이었군. 어쩐지 발보아에선 보질 못했지. 그럼 일단 신규 아이템 위주로 봐야겠군.'

치호는 항목을 처음부터 다 훑을 필요도 없이 새로 추가된 항목만 보기로 했다.

새로 추가된 것은 금방 볼 수 있었기 때문에 뒤에 기다리고 있는 테스터들이 닦달하기 전에 훑을 수 있을 것 같았다.

깜빡이는 항목에는 일전에 보았던 죽음의 서약을 비롯해 다양한 물품들이 눈에 띄었는데 그중에서도 유용해 보이는 것 하나가 눈에 들어왔다.

'인벤토리 확장?'

치호가 본 항목은 인벤토리를 확장해 준다는 항목이었다. 그것을 읽어보니 10골드를 내면 인벤토리 8칸을 확장해 준다는 모양이었다.

안 그래도 요즘 가지고 다니는 물품들이 점점 늘어나 아이템을 빡빡하게 몸에 품고 다녔는데 유용하게 쓸 수 있을 것 같아 망설임 없이 구매했다.

[인벤토리가 16칸으로 확장되었습니다. 다음 확장 시 100골드가 필요합니다.]

'호오. 다음번엔 100골드?'

매번 10골드마다 8칸씩 확장해 주는 건 아닌 듯했다. 인벤토리 확장을 구매하자 떠오른 메시지를 보고 더 이상의 확장은 할 수 없을 것 같아 그만두고 얼른 나머지 보급을 완료했다.

'흠… 죽음의 서약은 괜히 샀나?'

치호는 혹시 모르기에 죽음의 서약도 2장 사고 포션도 이번엔 3병이나 구매했다.

죽음의 서약만 하더라도 한 장에 5골드나 했지만 언젠가 필요할지 몰라 일단 구매해 두었다.

식량과 모닥불 등을 모두 구매하고 새 배낭까지 준비해 꽉꽉 채우니 얼추 떠날 준비가 된 것 같아 막 상점을 나서려는 찰나 누군가가 부르는 소리가 들렸다.

"이봐! 잠깐만."

치호는 이곳에서 자신을 부를 이는 아무도 없었기 때문에 무시하고 길을 떠나려 했지만 아무래도 자신을 부르는 듯한 소리였다.

"거기 배낭 매고 있는 양반! 그래, 당신 잠깐만 기다려!"

치호가 슬쩍 돌아보자 녀석은 자신이 부른 것이 치호가 맞다는 듯이 얼른 치호의 곁으로 다가왔다. 그러더니 치호를 보고 소스라치듯 놀라더니 치호에게 말했다.

"어… 어떻게? 너 황치호 맞지?"

상점에서 만난 남자는 치호를 알고 있다는 듯이 정확히 이름까지 말했다.

그런 녀석을 보고 치호는 얼굴색 하나 변하지 않고 말했다.

"황치호? 그게 누구야? 사람 잘못 봤어."

치호는 지구에서도 저렇게 자신을 알아보는 이가 나타나면 일단 발뺌부터 하는 습관을 가졌기 때문에 이번에도 자연스럽게 그런 습관이 나왔다.

하지만 남자는 치호의 그런 태도에도 아랑곳 않고 계속해서 말을 이었다.

"허, 이거 왜이래? 나 기억 안 나? 나 유대진이라고, 유대진."

"유대진이고 나발이고 모른다는데 사람 귀찮게 왜 이래? 아무튼 수고해. 난 갈 길이 바빠서 이만."

그렇게 말하고 뒤를 돌아 빠른 발걸음으로 이곳을 벗어나려고 했지만 녀석이 계속해서 쫓아오는 기척이 느껴졌다.

치호는 걸으면서도 머릿속으로 맹렬히 유대진이라는 녀석에 대해서 생각했지만 도무지 기억이 나지 않았다.

어디선가 만난 건 틀림없을 것이다. 녀석이 치호의 이름까지 기억하고 있는 것을 보면.

"자꾸 왜 쫓아와. 싸우자는 거야?"

"허, 이 친구가 자꾸 오리발이야? 나야 나, 첫 번째 필드 자격 테스트에서 기여도 2위였던. 기억 안 나? 네가 1위였잖아. 딴 놈들은 몰라도 난 확실히 기억하고 있지."

그 말을 듣고 치호는 그제야 생각이 나는 듯했다.

그러고 보니 테스트 필드에 처음 떨어져 정신없을 때 미친 듯 달려드는 카미유를 사냥을 하고 나서 기여도 1위를 했던 기억이 떠올랐다. 아마 그때 2위를 했던 녀석인 듯싶었다.

기억이 떠올랐음에도 불구하고 치호는 반응을 하지 않고 빠르게 거점도시 티벨론을 벗어났다.

귀찮은 일에 심력을 낭비하고 싶지 않았기에 서둘러 움직였는데 녀석은 무슨 이유 때문인지 지칠 줄 모르고 치호를 쫓아 왔다.

"너, 왜 자꾸 쫓아와? 신경 거슬리게. 여기 거점 밖인 것 알지? 그런데도 쫓아온다는 건 뭐 한판 하자는 뜻으로 알아들어도 되겠지?"

치호는 슬쩍 도끼에 손을 올리며 유대진에게 말했다. 한데 녀석은 그런 치호를 보고 거칠게 손사래를 치며 전투의 의지를 비치지 않았다.

"자… 잠깐! 아니야. 이거 같은 나라 사람끼리 이러지 말자고. 그때 같이 온 사람들 중에 살아 있는 사람들이 손에 꼽아. 휴… 이곳은 정말 지옥이란 말이지."

"아니 사람 잘못 봤다니까. 이 새끼가 자꾸 왜 이래?"

치호는 은근 슬쩍 자신을 떠보려는 녀석의 태도가 마음에 들지 않았다.

뭘 노리고 자신을 쫓아오는지 몰라도 귀찮아질 것만은 틀림없었다.

그런 대진을 보며 혹시 모를 일에 대비해 속으로 스킬을 발동시켰다.

'셸렌의 안목.'

⟨기량이 상대보다 높아 셸렌의 안목이 발동됩니다.⟩

특성: 정직한 떠버리

스킬:

— 큐오의 호기심: 호기심을 풀 때마다 추가 경험치를 얻습니다.

— 볼프의 채찍: 채찍을 사용하면 추가 화염 속성 피해를 입힙니다.

'스킬이 두 개?'

치호는 떠오른 녀석의 정보를 보며 보통 녀석은 아니라고 생각했다.

이곳에서 그렇게 오래 생활한 루소조차 2개의 스킬이 전부였다.

한데 이 녀석은 두 번째 필드에 온 지 얼마 안 되었을 텐데 벌써 스킬이 2개다.

그렇다면 이 녀석이 히든 스킬을 얻지 않은 이상 벌써 이곳의 한계 레벨까지 도달하고 스킬까지 획득했다는 뜻이 된다.

치호는 긴장의 끈을 놓지 않고 도끼에서 손을 떼지 않은 채 녀석이 하는 말을 들었다.

"진짜 아니야? 에… 내가 잘못 봤나? 그럴 리가 없는데. 하긴 그 녀석은 클레이 녀석한테 목이 잘렸으니까. 에이, 쓸데없이 시간만 낭비했군, 제길. 미안하게 됐어, 내가 호기심이 생긴 건 꼭 풀어야 하는 성격이라 말이야."

그렇게 말하고는 돌아서는 녀석을 보며 치호는 고민하기 시작했다.

녀석이 클레이의 이름을 뱉었을 때 풀어야 할 은원이 생각났기 때문이다.

녀석은 어쩌면 클레이의 행방을 알고 있을 지도 몰랐기 때문이다.

점점 멀어지는 녀석을 보며 치호는 결심을 굳힌 듯 스킬을 발동시켰다.

"투사의 발걸음."

투사의 발걸음을 발동시켜 재빨리 녀석의 뒤를 잡은 치호는 대진의 귓가에 나지막이 속삭였다.

"너, 12% 맞지?"

"어? 어헉!"

귀신처럼 기척도 없이 자신의 등 뒤로 다가온 치호를 보고 녀석은 소스라치게 놀라는 듯했지만 치호는 녀석이 다음 행동을 하기도 전에 턱 끝을 살짝 밀치듯 툭 쳤다.

풀썩.

치호는 살짝 쳤지만 정확히 핀 포인트를 가격했기 때문에 대진은 그대로 정신을 잃으며 쓰러졌다.

대진의 추측 레벨이 무색하게도 너무나 쉽게 제압되었다. 그런 녀석을 보며 피식 웃었다.

스킬이 2개라 은근 긴장했는데 녀석을 보니 아직 지구에서의 습관이 빠지지 않은 듯 보였기 때문이다.

적에게 등을 저렇게 쉽게 보인다는 것 자체가 아무 생각이 없다는 뜻이다. 아니면 아직 호된 경험을 하지 못했던지.

치호는 그런 녀석을 일으키며 녀석이 가지고 있던 채찍으로 몸을 결박하고 녀석을 깨웠다.

짝.

가볍게 녀석의 뺨을 갈기자 대진은 화들짝 놀라며 정신을 차렸다.

하지만 녀석은 몸이 결박된 것을 보자 말을 더듬으며 치호에게 말했다.

"아… 아니, 이게 무슨 짓이야? 나한테 왜이래 대체!"

"안녕? 유대진이라고 했나? 눈썰미가 꽤 좋아. 날 알아보는 걸 보면. 아주 잠깐 같이 움직인 건데 말이야."

"너… 너!"

"맞아. 내가 황치호 맞아."

"어떻게? 어떻게 살아 있지? 그때 넌 분명 목이 떨어졌는데, 어떻게 지금 이렇게 살아 있는 거야?"

녀석은 자신의 처지도 잊고 치호에 대해서 묻는 걸 보면 이 녀석도 대책이 없는 것 같았다. 스킬에 호기심이란 항목이 있어서 그런 것일 지도 몰랐다.

"뭐, 그건 기업 비밀이라 쉽게 얘긴 못 해주고… 하나만 묻지. 클레이, 녀석은 어디 있나?"

"크… 클레이?"

녀석의 눈치를 보니 전혀 모르는 듯한 눈치는 아니었기에 치호는 웃으면서 녀석에게 말했다.

"그래. 너도 알잖아, 나하고 그 녀석하고 풀어야 할 게 좀 있는 것. 안 그래?"

"끄응… 말 못 해줄 건 없지만… 말하고 나면 나 죽일 거잖아! 내가 모를 줄 알아?"

"…아닌데? 서로 시간 낭비하지 말고 빨리 끝내자."

"이런 젠장. 이런 괴물 같은 놈을 괜히 쫓아와서… 이게 무슨 꼴이야."

대진은 눈가가 촉촉한 걸 보니 금방이라도 울음을 터뜨릴 것 같았다.

그런 녀석의 모습을 보자 녀석을 해하려는 마음이 싹 가셨다.

가만 생각해 보면 녀석은 정말 호기심을 채우기 위해 자신을 쫓아왔는지도 몰랐다.

대진의 행동들을 다시금 되짚어 보던 치호는 고민 끝에 선심 쓰듯이 말했다.

"거참. 알았어, 그럼 내가 쓰는 내용의 죽음의 서약에 동의한다면 살려주지. 어때?"

"저… 정말? 쓸게! 뭐든지 쓸 테니까 목숨만 살려줘. 이렇게 죽기엔… 크흑."

녀석은 치호가 살려준다는 이야기에 감정이 북받쳐 올랐는지 끝내는 울음을 터뜨렸다.

이런 녀석이 어떻게 이리도 빨리 필드를 건너왔는지는 모를 일이지만 죽음의 서약을 쓴다면 뒷일은 크게 걱정하지 않아도 될 것 같아 얼른 조건을 써내려 가기 시작했다.

[죽음의 서약]

1. 대진은 치호에 대한 어떤 이야기도 발설하지 않는다.
2. 대진은 치호에게 클레이에 관해 알고 있는 사실을 거짓 없이

이야기한다.

3. 대진은 치호에게 불리하게 적용되는 그 어떤 행동도 일체 하지 않는다.

4. 치호는 위의 내용이 지켜지는 이상 대진의 목숨을 지금 해하지는 않는다.

만일 위 명시한 내용을 위반할 시 그 대가를 죽음으로 대신한다.

치호는 고민한 후 서약의 내용을 적었다. 직접 작성해 보는 것은 처음이라 어떻게 적어야 될지 몰랐지만 실험도 해볼 겸 이번 기회를 살릴 셈이었다.

작성한 죽음의 서약을 대진에게 내밀자 녀석은 서약의 내용을 대충 훑더니 피를 한 방울 떨어뜨렸다.

[대진과의 죽음의 서약이 체결되었습니다.]

메시지가 떠오른 걸 보니 서약이 제대로 이루어진 것 같았다.

적당히 휘갈겨 쓴 내용인데도 써지는 것을 보면 당사자끼리 합의만 되어 있다면 서약이 체결되는 것 같았다.

치호는 녀석의 포박을 풀고 클레이에 대해 물었다.

"좋아. 서약도 썼으니 이제 클레이에 대해서 말해야지?"

"후. 고마워 정말. 그런데 클레이는 굳이 쫓아가서 뭐하려고 그래? 그 미친놈 쫓아가 봐야 좋은 꼴 못 볼 텐데."

"뭐, 그건 내가 알아서 할 테니까 녀석에 대해서 말해 봐."

대진은 서약을 쓰자 죽지 않을 것이라는 생각에 안정이 왔는지 차분히 말을 하기 시작했다.

"에… 실은 나, 녀석하고 최근까지 같이 다녔어. 근데 더 이상 그놈은 못 쫓아다니겠더라고. 그 녀석 가면 갈수록 이상해져서 말이야."

"이상해졌다고? 무슨 의미지?"

"아, 그게 말이지. 흠… 이왕 이렇게 된 거 다 말해줄게. 서약도 내용도 있으니까 어쭙잖게 넘어갔다가 괜히 죽을 수도 있으니까."

대진은 천천히 클레이에 대해서 이야기하기 시작했다.

녀석의 말을 요약해 보면 대진도 클레이를 두 번째 필드 와서 만난 것이라고 했다.

첫 번째 필드에서는 클레이가 거점으로 안내한 후 얼마 지나지 않아 필드를 벗어났기 때문에 녀석을 파악할 시간은 별로 없었다고 한다.

다만 치호를 죽이고 나서는 테스터들에게 위해도 가하지

않고 적당한 선에서 설명까지 해주었기 때문에 대진은 녀석을 두 번째 필드에서 만났을 때 선뜻 동행하기로 마음을 먹었다고 한다.

하지만 두 번째 필드에서의 녀석은 시간이 지나면 지날수록 사람을 죽이는 것을 쉽게 여기고 스킬을 이용해 사람 몸에 불을 붙여 타 죽는 걸 구경하는 등 괴이한 행동을 하기 시작했다.

처음엔 불에 타는 상대가 자신들을 공격한 습격자였기 때문에 그냥 넘어갔지만 점점 그 대상이 원주민들에게까지 옮겨가자 대진은 그 불똥이 언제 자신에게 튈지 몰라 얼른 녀석들의 일행과 헤어져 따로 이 거점으로 온 것이라고 했다.

"뭐 가만 보면 그놈도 불쌍한 놈이지. 잠잘 때마다 악몽을 꾸는지 잠도 제대로 못 자더라니까? 아무튼 그놈의 패악질이 더 심해지기 전에 헤어졌지."

"녀석과 마지막으로 함께했던 곳이 어디야?"

"거점 도시 세비아. 거기도 여기랑 비슷한 규모의 거점이지. 거기가 녀석들의 활동 무대야. 아마 그 근처만 가도 녀석을 찾기는 쉬울 거야. 녀석들의 악명 때문에 주위에 소문이 다 났거든."

"흠… 그래? 거기로 가면 녀석을 만날 수 있나?"

"지금 출발하면 만날 수 있을걸? 한데 서둘러야 할 거야. 클레이랑 같이 다니는 녀석들이 내가 떠나올 때쯤 다음 필드로 넘어갈 준비를 하기 위해 마지막 퀘스트를 준비한다는 것 같았거든."

대진의 말을 듣고 치호는 이를 악물었다. 언제나 그렇듯 시간이 문제다.

지구에서는 그렇게 한가했는데 여기서는 항상 시간이 모자라다.

이런 느낌은 오랜만이라 그런지 조금 짜증이 치밀어 올랐다.

치호는 그런 감정을 차분히 갈무리하며 대진에게 물었다.

"후… 그렇군. 그런데 너, 레벨에 비해 실력이 너무 떨어지는 것 아니야? 무슨 빈틈이 그렇게 많아. 레벨을 어떻게 올린 거야?"

"음? 레벨? 아, 그것도 말해 줘야 하나… 제길. 밑천 다 털리네. 그건 내 스킬 때문에 그래. 내 스킬 중에 호기심을 채우면 경험치가 오르는 게 있어. 전투에는 쥐뿔도 도움 안 되는 스킬인데 경험치는 팍팍 올라서 아주 쓸 만하지. 여기에는 호기심거리가 워낙 많아서 말이야, 훗."

"하… 별 스킬이 다 있군."

"하지만 그것 때문에 이 사단이 났으니… 한데 넌 어떻게 살아난 거……"

치호는 녀석의 물음이 끝나기도 전에 얼른 일어섰다. 녀석에게 뭘 말해줄 것도 아니고 원하는 정보는 다 들었으니 서둘러 대현자의 서고에 가야한다.

이 녀석 때문에 원치 않는 시간을 낭비했지만 클레이의 행방을 찾아내서 다행이었다.

자신이 죽이기 전에 다른 놈에게 죽으면 그것만큼 슬픈 일도 없으니까.

"아무튼 그 호기심이란 것도 적당히 채워. 이곳은 첫 번째 필드랑 달리 인간들이 좀 잔인해져 가는 것 같으니까."

"나도 알아. 근데 너는 경우가 좀 다르니까… 죽은 줄 알았던 사람이 떡하니 내 눈앞에 보였는데 그걸 어떻게 참아."

"아무튼 지나친 호기심은 사람을 죽인다. 너도 죽고 싶지 않으면 적당히 몸 사리도록. 그럼 난 바빠서 먼저 가봐야겠군. 나중에 기회 되면 또 보자고."

치호는 멍하니 자신을 쳐다보고 있는 대진을 뒤로하고 숲으로 몸을 감추었다.

대진은 치호가 바람처럼 사라졌음에도 한동안 멍하니 치호가 사라진 자리만 보고 있을 뿐이었다.

*　　　　*　　　　*

크킥킥.

쓰걱.

"이놈의 괴물들은 대체 어디서 나오는 거야!"

빠르게 이동하기 위해 최대한 괴물들을 피해 숲을 가로질렀지만 불가피하게 만나는 괴물들은 직접 처리해야 했다.

녀석들을 잡으면 스킬이라도 나올까 싶어 처음엔 의욕적으로 잡았지만 스킬은커녕 떨어지는 돈조차 보잘것없어 도무지 사냥할 맛이 나질 않았다.

"후… 슬슬 나올 때가 됐는데."

치호는 낮에는 빠르게 이동하고 밤에는 모닥불을 피워 휴식을 취하며 하만이 준 책을 꼼꼼히 읽었다.

하만의 책은 지금까지 꾸준히 읽어 예상대로라면 대현자의 서고에 도착하기 전에 한번은 다 읽을 수 있을 것 같았다.

치호는 밤에도 무리를 한다면 이동할 수 있었지만 굳이 그렇게 하지 않았다.

그 이유는 최근 스킬 변환에 관해 새롭게 알아낸 사실 때문이다.

그것은 현재 진행 중인 스킬에 관련된 행위를 하면 스킬 변환율이 더 빠르게 차오른다는 것이다. 즉 지난번에는 전투와 관련된 스킬이라 전투할 때마다 스킬이 빠르게 차올랐고 이번엔 하람의 책을 읽자 스킬 변환율이 빠르게 차올랐다.

그런 이유 때문에 치호는 밤에 굳이 이동하지 않고 스킬 변환을 위한 독서와 함께 휴식을 취하기로 결정했다.

게다가 쥬드를 언제 만날지 모르기 때문에 언제나 몸의 컨디션을 최상을 상태로 만들어 놓을 필요가 있었기 때문이다.

"음? 저긴가?"

이동한 거리가 꽤 되었는데 찾는 동굴이 보이지 않아 다시 되돌아가서 놓친 부분이 없는지 확인하고 와야 되나 싶을 때 거대한 동굴 하나가 보였다.

그 동굴 주변에 사람의 흔적이 간간히 보였기에 쉽게 알아볼 수 있었다.

과거 이곳에 도전했던 자들의 흔적인 듯싶었다. 치호는 동굴로 들어가기 전 최근에 난 흔적은 없는지 꼼꼼하게 살폈다.

만약 쥬드가 먼저 들어갔다면 어떤 흔적이라도 남기고 갔을지 몰랐기 때문이다. 하지만 아무리 찾아도 녀석의 흔적은 보이지 않았다.

"제길. 이거 나 혼자 개고생하는 것 아니야?"

흔적만으로 파악을 하자면 아직 쥬드가 도착하지 않았거나 이곳을 발견하자마자 바로 들어가서 흔적이 남지 않았을 지도 모른다.

입구에서 마냥 기다려 볼까도 싶었지만 일단 안에 들어가서 확인하기로 했다.

만약 이곳에서 멍하니 기다리다가 혹여 동굴에 다른 곳으로 나가는 통로라도 있으면 앉은 자리에서 쥬드를 놓치는 우를 범할 수 있기 때문에 그런 실수만큼은 하기 싫었다.

치호는 동굴을 들어가려는 순간 현자 카비아의 경고가 문득 떠올랐다.

지금까지 서고를 보기는커녕 몸성히 돌아온 자도 없다는 경고가.

하지만 치호는 망설임 없이 들어갔다. 겨우 그런 말이 무서워서 이대로 걸음을 멈추기엔 치호가 가진 쥬드에 대한 마음이 너무 컸다.

치호가 동굴 안쪽으로 신중히 한걸음을 내디뎠을 때 불현듯 메시지 하나가 떠올랐다.

[에픽 퀘스트 발동 조건 완료. 에픽 퀘스트의 조건이 충족되었습니다. 에픽 퀘스트를 수락하시겠습니까?]

'에픽 퀘스트? 이건 또 뭐야.'

갑작스러운 에픽 퀘스트라는 메시지에 치호는 잠시 생각을 하는 듯했다.

보통의 퀘스트도 아니고 히든 퀘스트처럼 뭔가 특별한 퀘스트인 것이 틀림없는데 하필 지금 쥬드를 만나기 직전에 이런 메시지가 떠오르니 망설여졌다. 하지만 일단 받아두기로 결정했다.

어차피 강제성은 없을 테니 해보고 어려우면 중간에 그만두면 되니까.

"수락."

[에픽 퀘스트 — 증명의 장]

— 발동조건:

1. 대현자 셀렌의 선택을 받은 자.

2. 현자의 스킬 숙련도를 한계치까지 끌어올린 자.

3. 현 시대의 현자에게 인정받아 셀렌의 눈을 지닌 자.

— 내용:

대현자 셀렌의 선택을 받은 당신. 셀렌의 유언을 이룰 수 있는 유일한 자입니다. 하지만 그 전에 당신에게 부여된 자격이 합당한지 증명해야 할 것입니다. 셀렌의 눈을 따라가세요. 그곳에서 당신의 자격을 증명하고 유산을 획득하여 스킬을 완성하세요.

짧은 메시지였지만 새로운 정보가 눈에 띄었다. 숙련도를 한계치까지 끌어 올렸다는 것, 즉 스킬의 숙련도는 9가 한계라는 뜻이었다.

아마도 이번 퀘스트를 끝내면 숙련도가 10이 되어 스킬이 완성되는 모양이었다.

하지만 그런 메시지를 읽는 치호는 이마에서 핏줄이 솟아올랐다.

"이… 건방진 새끼들이 뭐? 증명?"

치호는 메시지의 내용들이 마음에 들지 않았는지 육성으로 노기를 토해냈다.

이런 식으로 나타나는 메시지가 치호는 마음에 들지 않았다.

처음 필드를 벗어날 때도 테스터로서의 자격을 증명하라고 했다.

그때도 마음에 들지 않았지만 상황이 상황인지라 억지로 넘겼는데 셀렌의 퀘스트까지 이런 식으로 나오니 치호는 참았던 분노가 치밀어 오를 것만 같았다.

셀렌이 부탁을 했으면 모를까 그것을 이행하기 위해 자격을 증명해야 한다는 것이 자존심을 건드렸다.

지금껏 누군가에게 인정받기 위해 무엇인가를 해본 적 따위 없는 치호에게는 치욕적인 메시지로 느껴졌다.

셀렌의 유산 따위 가져도 그만 안 가져도 그만이다. 아무리 대현자라지만 현자 나부랭이의 퀘스트가 자신의 행동을 결정한다는 게 마음에 들지 않았다. 게다가 산 자가 아닌 죽은 자의 그것이라면 더더욱.

하지만 그런 것보다 치호가 이렇게 과민한 반응을 보이는 이유는 쥬드 때문에 저 동굴에 들어가야 한다는 사실이다.

그러면 마치 자신의 행동이 퀘스트를 충실히 수행하기 위해서 들어가는 것처럼 보일 것이기에 더욱 짜증이 치솟았다.

'테스트 필드란 걸 만든 놈들… 나중에 꼭 한번 보자고.'

치호는 이를 악물며 동굴로 들어갔다. 이 테스트 필드에 와서는 여러 감정을 느끼는 일이 많아졌다.

일부러 이렇게 자신의 신경을 긁는 건지 아니면 그냥 과민하게 반응한 건지는 몰랐지만 이놈이고 저놈이고 다 마음에 들지 않았다.

어차피 남는 건 시간밖에 없으니 천천히 한 명씩 얼굴을 맞대고 깊은 대화를 나눠야 할 것 같았다. 아주 진솔한 대화를.

*　　　*　　　*

"대체 따라가긴 뭘 따라가."

치호는 한참을 동굴 안으로 들어온 것 같았는데 동굴 안은 고요한 침묵만이 감돌 뿐이었다.

게다가 미로처럼 얽혀 있는 동굴은 현재 어디까지 들어왔는지 감을 잡기도 힘들었다.

게다가 현자 카비아의 말대로라면 이쯤해서 트랩 혹은 하다못해 괴물들이라도 튀어나와야 할 것인데 아무런 반응이 없어

오히려 이상하게 느껴졌다. 치호는 다시금 메시지를 한 자 한 자 읽어 내려갔다.

'셀렌의 눈을 따라가라……'

메시지를 읽던 치호는 '셀렌의 눈'이라는 부분에서 문득 드는 생각이 있어 인벤토리에 넣어두었던 대현자 셀렌의 눈을 꺼내들었다.

뭔가 반응이 있을 것 같았지만 인벤토리에서 꺼낸 대현자 셀렌의 눈은 아무런 반응이 없었다.

하지만 실망하지 않고 셀렌의 눈을 보며 스킬 셀렌의 안목을 발동시켰다.

'셀렌의 안목.'

치호가 셀렌의 안목을 발동시킨 순간 셀렌의 눈이 치호의 손바닥 위에서 터질 듯 팽창하는 듯싶더니 한 줄기 붉은 빛을 내기 시작했다. 그리고 그 빛은 치호에게 갈 길을 인도해 주는 것만 같았다.

치호는 그 빛을 보며 피식 웃고는 망설임 없이 걸음을 내디뎠다.

붉은 빛이 인도하는 길을 걷는 치호에게는 아무런 위협도 없었다.

분명 치호의 광인의 영역 선포 스킬에 걸리는 괴물들이 분명히 있건만 녀석들은 온순한 양이라도 된 듯 치호에게 달려들지도 않았으며 치호의 눈에 트랩처럼 보이는 것들도 전혀 발동을 하지 않았다.

마치 동굴 자체가 주인을 맞이하기라도 하듯 침묵으로만 일관했다.

'저런 것들이 설치되어 있었단 말이지? 나 참, 고생 좀 했겠는데?'

지난번 악몽의 무덤과는 달리 정상적인 퀘스트 진행 방향인 것 같았다.

이렇게 편하게 갈 수 있으면 앞으로도 이런 걸 이용하는 것도 나쁘지 않을 것 같았다.

구태여 치르지 않을 전투를 치르는 것만큼 바보짓도 없을 테니까.

치호는 당당히 걷던 걸음을 멈추고 자신을 가로막은 거대한 문을 보았다.

그 문에는 지난번 악몽의 무덤에서 보았던 문양들이 빼곡하게 각인되어 있었다.

온전히 같은 문양은 아니었지만 패턴이나 크기, 위치 등이 매우 유사했다.

'어… 어째서? 같은 시대의 인물이라고? 달무르와?'

우연이라고 생각하고 넘어가면 그만이지만 도저히 우연 같지가 않아 쉽게 넘길 수가 없었다.

투신이라 불리는 바르시조차 이들과 동시대에 활동했던 인물이었다.

그 시대에 도대체 무슨 일이 일어났기에 전설들이 난립하는 건지 이해할 수가 없었다.

하지만 여기서 궁금해한다고 해서 풀릴 것이 하나도 없었기 때문에 치호는 얼른 문을 열 방법을 찾았다.

지난번 악몽의 무덤과 같은 양식의 석문이라면 바르시의 펜던트를 끼웠던 곳에 뭔가 장치가 있을 것 같아 그곳을 보니 역시나 둥근 홈이 하나 파져 있었다.

'의심할 여지가 없군. 제길.'

문을 열 수 있는 장치의 위치까지 같은 걸 보면 의심할 여지가 없어 보였다.

그 홈은 치호가 손에 들고 있는 대현자 셀렌의 눈과 크기가 맞아 떨어졌기에 그 홈에 눈을 넣었다.

쿠르르릉.

치호가 대현자 셀렌의 눈을 거대한 석문의 홈에 끼운 순간 석문이 동굴 천장의 먼지를 떨어뜨리는 진동음을 내며 천천히 열리기 시작했다.

거대한 석문이 완전히 열렸을 때 치호의 눈에 들어온 것은 끝없이 펼쳐져 있는 책들의 향연이었다.

치호의 키를 훌쩍 뛰어넘어 천장에 닿을 듯한 책장에 꽉꽉 들어차 있는 책들은 그것을 보는 이들로 하여금 경외감을 느끼게 만들 만큼 그 양이 압도적이었다.

게다가 서고의 중심에서 눈부신 빛 한 줄기가 솟아 서고를 밝히는 걸로 봐서는 저곳에 무엇인가 있을 것 같았다.

'휘유, 장난 아니네.'

치호 역시 이 광경을 보고 다소 놀랐다. 이런 동굴 안에 이런 공간이 있다는 것이 신기하기도 했지만 얼핏 보아도 책의 양이 치호가 지난 세월 살아온 동안 본 적 없을 정도로 방대한 양이었다.

지구에서의 그 어떤 대도서관도 이 대현자의 서고 앞에서는 동네 서점 수준을 벗어나지 못할 것이다.

'양만 많다고 좋은 건 아니지. 어디 한번……'

엄청난 양에 압도당한 자신의 모습에 약간 자존심이 상했는지 빛의 기둥을 향해 걸어가면서도 책의 면면을 살펴보기로 했다.

서고에 책만 가져다 쌓아놓는 경우도 비일비재하니까 그 면면을 살펴볼 필요가 있었다.

'호오, 언어가… 처음 보는 언어가 왜 이렇게 많아?'

치호는 빠르게 걸으면서 책들을 하나하나 뽑아 훑었지만 제대로 알아볼 수 있는 책들은 드물었다.

어떤 수준의 책들이 있는지 면면을 살피고 싶었지만 지금까지 한 번도 본 적 없는 언어 체계의 책들이 많아 제대로 살필 수가 없었다.

어지간한 지구의 언어는 모조리 사용할 수 있는 치호에게는 그 낯선 언어의 책 자체가 흥밋거리였다.

게다가 이러한 것들은 이 세계에 독자적인 언어 체계가 있다는 것을 시사하고 있어 치호가 관심을 갖기에 충분했다.

새로운 책들에 정신이 팔려 걷는 사이에 어느새 빛기둥의 근원지에 도착했다.

그 근처로 가니 눈부신 빛이 사방을 밝히고 있었고 그 앞에 상점 수정과 비슷하게 생긴 수정 하나가 놓여 있었다.

'수정이라……'

생긴 것이 상점 수정과 닮아 있어 조작법은 대충 비슷할 것 같았다.

치호는 그 수정에 손을 올리고 외쳤다.

"서고 개방!"

치호가 명령어를 외치자 동시에 수정에서는 눈부신 빛과 함께 진동을 하기 시작했다.

저런 격렬한 반응을 보면 명령어가 제대로 먹히긴 먹힌 것 같았다.

하지만 치호가 원하는 방향으로 일이 진행되는 것 같지 않았다.

파각.

한참을 진동하던 수정은 그 충격을 견뎌내지 못하는지 이내 금이 가더니 산산이 부서져 내렸다.

부서져 내린 수정은 그걸로 모자란지 점점 가루가 되어 흩날렸다.

'뭐야, 이거.'

눈앞에 펼쳐진 다소 당황스러운 광경을 보며 어이없어하던 찰나 흩날렸던 수정구의 가루가 빛기둥의 빛을 반사시키며 형체를 가지기 시작했다.

치호는 무슨 일이 일어날지 몰라 도끼에 손을 슬쩍 올리며 다가올 상황에 대비했다.

수정구의 가루가 만들어낸 형체가 완벽한 모습을 갖추었을 때 나타난 것은 중년의 사내였다.

다만 그의 눈이 있어야 할 자리에 아무것도 없다는 것만을 제외하면 그가 풍기는 기세는 무시할 만한 기세가 아니었다.

그 중년은 깊은 한숨을 토해내는 것 같더니 이내 치호의 방향으로 몸을 돌려 말했다.

"드디어 만나게 되는군요, 선택받은 자여. 저는 이곳의 관리인이자 그대를 이곳으로 인도한 셀렌입니다."

수정이 부서져 생긴 가루가 만들어낸 형상은 자신을 소개하길 셀렌이라고 소개했다.

다소 황당한 소개였지만 치호는 그 소개를 듣자마자 눈썹이 역팔자로 치솟으며 도끼에 올려둔 손으로 그대로 도끼를 잡아 셀렌에게 던졌다.

치호에게 증명이니 뭐니 하면서 건방을 떨었던 자라고 생각하니 슬며시 고개를 드는 분노에 몸이 자연스레 반응한 것이다.

쿵쿵.

치호가 던진 도끼는 셸렌에게 정확하게 날아갔지만 셸렌을 그대로 통과해 뒤에 서 있는 책장 몇 개를 박살 내고 뒤편의 책장 어딘가에 박혀 버렸다.

그 소리를 들은 셸렌은 치호가 서 있는 방향을 응시하며 묘한 미소를 띤 채 말했다.

"그렇게 화내실 필요 없습니다. 저는 존재하지 않습니다. 그저 사념체에 불과하니까요. 음… 그쪽 세계 말로는 홀로그램 정도로 표현하면 될까요?"

"뭐? 이쪽 세계의 말?"

치호는 녀석이 하는 말을 듣고 치솟았던 눈썹에 약간의 변화가 생겼다.

분노를 잠시 묻어두고 녀석이 했던 말을 곱씹었다. 시간이 맞질 않는다.

홀로그램이란 단어는 비교적 최근에 생긴 단어일 텐데 녀석이 어찌 그 단어를 알고 자신에게 말하는지 이해가 되지 않았다.

"똑바로 말해. 셸렌은 살아 있는 것인가? 어떻게 그런 단어를 알 수 있지? 최근에 생긴 단어일 텐데."

"후후, 선택받은 자께서는 재미있는 생각을 하시는군요. 살아 있다니, 보통 가짜가 아니냐고 물어봐야 하는 것 아닙니까? 어쨌든 시간은 많으니 천천히 답해 드리지요. 먼저 저의 생사부터 말씀드리자면 아까도 말했듯 저는 그가 남긴 그의 환영이자 잔류 사념 같은 존재입니다. 셀렌은 더 이상 존재하지 않지요."

셀렌의 사념체는 자신이 죽었다고 단언했다. 그랬기 때문에 더욱 궁금증이 증폭되었지만 녀석의 말이 끝나지 않은 것 같기에 천천히 녀석의 입이 떨어지기를 기다렸다.

"그리고 방금 말씀하신 단어에 대한 답변은 이곳이 지식의 서고이기 때문입니다. 이곳에서는 이 세계에서 일어나는 모든 것들이 기록되고 있습니다. 그렇기 때문에 이곳에 불려오는 테스터의 말, 그들의 생각까지도 하나하나 기록되고 있기 때문에 모든 걸 알 수 있는 것입니다."

"대현자 서고가 아니고?"

"맞습니다. 혹자들은 대현자의 서고로 알고 있지만 진실은 다릅니다. 저 또한 단지 이곳을 관리하는 자이자 이곳에서 얻은 지식으로 알량한 대현자의 칭호를 받은 자에 불과하니까요."

치호는 녀석의 말을 듣자 대충 어떻게 돌아가는 이야기인지 파악할 수 있었다.

즉, 셀렌은 이곳의 지식을 이용해 대현자의 칭호를 부여받았을 테고 그 이후 스킬에 나온 대로 자신이 지목한 영웅에게 가족을 잃었을 것이다.

"흠… 그랬군. 뭐 대충 이해가 가. 그런데 아까부터 건방지게 선택받은 자라고 지껄이는데 심하게 거슬리는군."

"후후. 부탁하는 자 입장으로서 할 말은 아니지요. 오랜 시간을 기다려 온 보람이 있군요. 선택받은 자께서는 재미있는 분이신 것 같습니다. 하나 그것은 자격이 증명된 자에 한한 이야기. 먼저 자격을 증명해야 되는 것이겠지요?"

"자격의 증……."

치호는 녀석의 말을 받아 무어라 말을 하려고 했지만 셀렌이 무슨 수작을 부렸는지 말을 마치자마자 알 수 없는 현기증에 어지러움을 느껴 말을 잇지 못했다.

치호는 의문이 가득한 눈초리로 녀석을 바라보는 것이 고작이었다.

"괜찮습니다. 그저 자격의 시험이 시작되었을 뿐입니다. 온전히 받아들이세요. 선택받은 자여, 그대는 이제 그대가 가장 공포스럽게 여기는 것과 조우할 것입니다. 그것이 무엇이든 그것을 물리침과 동시에 자격의 증명이 완료됩니다. 부디 성공하시……."

치호는 셀렌이 하는 말을 끝까지 듣지 못한 채 내려오는 눈꺼풀의 힘을 이기지 못하고 그대로 정신을 잃었다.

＊　　　　＊　　　　＊

얼마간의 시간이 지났는지 치호가 다시 눈을 떴을 때 이미
서고는 눈앞에서 사라지고 공허한 어둠만이 치호를 반겼다.

"여긴 또 어디지?"

눈을 떴지만 눈을 뜬 것인지 감은 것인지 분간되지 않을 정
도로 깊은 어둠 속에서 치호는 천천히 몸을 일으키며 셀렌의
마지막 말을 떠올렸다.

'공포라⋯⋯.'

치호는 아무것도 보이지 않는 어둠 속에서도 당황하는 기
색 하나 없이 천천히 상황을 파악했다.

아마도 이곳은 녀석이 말한 자격을 증명하는 장소일 것이
다. 녀석이 공포와 마주할 것이라고 했으니까.

그러면서도 치호는 자신이 공포라고 생각하는 것이 무엇일
지 궁금해지기 시작했다.

녀석의 말이 사실이라면 곧 공포가 나타날 것이니까.

호기심 가득한 얼굴로 녀석이 말한 공포란 것을 기다릴 때
어둠 속에서 기척이 느껴졌다.

천천히 치호를 향해 다가오는 그 기척은 어딘지 모르게 낯
설지가 않게 느껴졌다.

녀석이 다가옴과 동시에 점점 어둠이 물러가고 어디선가 밝아오는 빛과 함께 녀석의 모습을 드러내자 치호는 실소를 금치 못했다.

"셀렌… 정말 너는 끝까지 건방지기 짝이 없구나. 고작 생각 해 낸 것이 겨우 이런 것이냐?"

모습을 드러낸 것은 다름 아닌 치호 자신이었다. 자신과 같 은 모습을 한 녀석이 치호를 향해 살기를 뿜어내며 천천히 다 가오고 있었다.

마치 치호가 두 명이 된 듯한 이 상황에 치호는 점차 분노 가 일어나는 듯 발치에는 검은 연기가 뿜어져 올라왔고 그 연 기는 주변의 어둠보다도 짙게 깔리기 시작했다.

"감히 너 따위가 나의 분신을 만들어 낼 수 있을 것 같은 가? 가소롭군. 상대도 제대로 파악하지 못한 주제에 그렇게 행동하니 네 스스로 지목한 녀석에게 가족을 잃는 것이다, 셀 렌이여. 투사의 발걸음!"

"투사의 발걸음."

치호는 그렇게 말하고는 자신의 분신을 향해 달려 나갔다. 그와 동시에 같은 스킬을 사용하며 마주 달려오는 녀석을 보 자 치호는 가소롭다는 듯 무기조차 꺼내지 않으며 그대로 분 신과 격돌했다.

잔기술조차 쓰지 않고 정직하게 분신 앞에 도달한 치호는 그대로 검은 연기를 이용해 녀석의 몸을 결박했고 분신의 목덜미를 그대로 손에 움켜쥐었다.

분신은 오로지 치호의 스테이터스 수치와 스킬을 기반으로 만들어졌는지 치호의 검은 연기를 따라 하기는커녕 대처조차 못 하고 선수를 빼앗겨 제대로 된 저항 한 번 못 해본 채 너무나 쉽게 치호의 손에 제압되었다.

"꼴이 우습구나. 내 앞에서 이따위 허술한 짓거리로 기만하려 드는 자가 있다니!"

우드득.

치호는 분신의 목을 움켜쥔 손에 천천히 힘을 쥐어 나가자 섬뜩하게 뼈 부러지는 소리만이 어둠을 갈랐다.

자신과 같은 모습을 가진 분신의 목을 움켜쥐는 손에 일말의 망설임이라도 비출 법도 하건만 그런 것은 치호에게서 찾아볼 수 없었다.

어둠 속에서 나타난 분신의 목이 완전히 부러졌을 때 명이 다했는지 치호의 손아귀에서 그대로 검은 재가 되어 흩날렸다.

그 흩날리는 재와 함께 주변의 검은 어둠도 동시에 흩날려 치호가 정신을 잃었던 그 자리의 배경이 점차 드러났다.

어둠이 모두 흩날려 온전히 서고로 돌아왔을 때 사방은 아무도 없이 조용한 적막감만 감돌뿐이었다.

"셸렌! 어디 있나!"

치호는 셸렌을 분노에 가득 찬 목소리로 불렀지만 셸렌의 사념은 도무지 나타날 생각을 하지 않았다. 다만 치호의 눈앞에 메시지만 떠오를 뿐이었다.

[에픽퀘스트― 증명의 장― 완료]

〈클리어 보상. 셸렌의 안목 숙련도가 1 상승합니다.〉

〈스킬 셸렌의 안목이 변경되었습니다.〉

〈칭호 '홀로선 자'에 의해 에픽급 물품 '지식의 수정구'를 획득하였습니다.〉

〈칭호를 획득하였습니다.〉

〈100골드를 추가 획득하였습니다.〉

〈미지정 포인트 +10을 획득하였습니다.〉

제2장
쥬드

치호가 셀렌을 불렀지만 아무 대답이 없어 눈앞에 떠오른 메시지에 집중했다.

아무래도 셀렌이 말한 대로 녀석을 처치하니 퀘스트가 완료된 모양이었다.

'어디 있는 것이냐. 셀렌.'

분명 이대로 사라지진 않았을 터. 하지만 녀석이 모습을 드러내기 전까지는 별다른 해결책이 없기에 떠오른 메시지를 읽어 내려가기 시작했다.

[에픽퀘스트 - 증명의 장 - 완료]

- 스스로의 공포를 이겨내 셀렌의 선택을 증명한 당신에게 경의를 표합니다. 그와 더불어 셀렌의 안목 숙련도를 마스터하여 그의 기술을 온전히 사용할 수 있으며 지식의 서고를 사용할 수 있는 권리를 부여합니다.

[에픽퀘스트 - 진실의 장]

퀘스트를 진행하기 위해서 세 번째 테스트 필드에 위치한 진실의 땅 에비안으로 가세요. 그곳에서 진실의 편린을 찾을 수 있을 것입니다.

퀘스트를 읽어 내려간 치호는 문득 의문이 들었다.

셀렌의 이야기로 시작된 이것은 그렇게 단순한 것 같지가 않았다.

무엇을 위한 진실인지는 알 수 없기에 답답함만 가중될 뿐이었다.

'이게 끝이 아니라는 소리군. 그런데 스킬의 완성?'

치호는 셀렌의 안목 스킬이 변경되었다는 메시지를 보고 얼른 스킬 창을 띄워 변경 사항을 확인하기 시작했다.

〈셸렌의 안목(진) — 발동형〉

— 내용: 도시 티벨론의 대현자 셸렌은 학식과 경험을 통해 상대의 기량과 특성을 파악할 수 있었다. 하지만 그 안목으로 영웅이라 지목했던 이가 대의라는 이름으로 셸렌 주변의 모든 이들의 목을 쳤다. 마지막으로 사랑하는 아내와 딸의 목까지 떨어졌을 때 셸렌은 자신의 안목을 저주하며 눈을 뽑고 자결했다. 대현자 셸렌의 통한과 원념이 닿아 등록된 스킬.

— 효과: 대상보다 기량이 높은 경우 특성과 스킬 간파

— 추가 효과: 간파된 특성과 스킬을 시전자의 기량에 따라 일정 시간 동안 무효화시킬 수 있습니다. 또한 소유한 광인의 영역 스킬과 연계하여 사용할 수 있습니다.

— 소모자원: 마력 10

— 숙련도: (10/10)

치호는 스킬의 변화가 그다지 없다고 생각하며 읽어 내려가다가 추가 효과라는 부분에서 얼굴이 그 어느 때보다 딱딱하게 굳었다.

'특성… 무효화?'

치호는 자신의 스테이터스 창을 띄워 올리며 특성을 확인

했다.

그리고 그곳에 적혀 있는 '불사의 괴인'이라는 항목을 보며 미소가 살며시 피어올랐다.

치호에게 간만에 떠오르는 진실한 미소였다. 치호는 더 이상 기다릴 수 없다는 듯이 스스로에게 스킬을 시전했다.

'셀렌의 안목.'

⟨잘못된 대상입니다. 본인에게 스킬을 사용할 수 없습니다.⟩

'셀렌의 안목.'

⟨잘못된 대상입니다. 본인에게 스킬을 사용할 수 없습니다.⟩
⟨잘못된 대상입니다. 본인에게 스킬을 사용할 수 없습니다.⟩

치호는 연신 잘못된 대상이라는 메시지가 떠올랐지만 포기하지 않고 계속해서 자신에게 스킬을 사용하려고 했다. 하지만 아쉽게도 스킬은 발현되지 않았다.

"제엔장!"

순간 치밀어 오르는 분노 때문에 치호의 발치에는 어둠이 짙게 깔려 있었고 치호의 눈은 그 어느 때보다 검게 타오르고 있었다.

그럼에도 불구하고 스킬은 작동하지 않았다.

너무 늦게 깨달았다.

셀렌의 안목을 자신이 익혀선 안 되는 일이었다. 이 스킬을
다른 녀석이 익혔다면 자신을 죽일 수 있는 누군가가 생겼을
터인데 이 스킬을 멍청하게 스스로 얻고 말았다.

간신히 찾은 죽을 수 있는 방법을 놓쳐 버린 것이다. 그런
절망감 속에 감정이 날뛸 때 치호의 광인의 영역 안에 무언가
가 들어왔다.

그 기척을 눈치챈 치호는 좋은 생각이 떠올랐다는 듯 눈을
빛냈고 어둠에 자신의 몸을 숨기고 그 기척의 주인을 기다렸
다.

※   ※   ※

"후우, 드디어 도착했군. 그놈의 영감탱이, 현자는 무슨 얼
어 죽을 현자! 이런 곳이나 알려줘 놓고, 제길. 여기에 라플렌
의 꽃에 대한 단서가 없기만 해봐. 그놈의 영감탱이 헛바닥을
뽑아버릴 테니까."

다소 듣기 거북한 소리를 혼자 내뱉으며 걸어오는 이는 치
호가 그렇게 기다렸던 쥬드였다.

치호가 동굴에 들어올 때만 해도 쥬드의 기척은 느껴지지 않았는데 서고의 여러 장애물들을 파헤치고 이곳까지 도착한 것을 보면 치호가 자신의 분신을 처리하며 어둠 속에 갇혀 있던 시간이 꽤 길었는지도 몰랐다.

"그런데 이래서 이거 뭐 찾을 수는 있겠어? 책이 이렇게 많은데 꽃에 대한 단서를 어디서 찾아?"

쥬드는 자신이 원하는 것을 찾기 위해 책들을 한 권씩 뽑으며 툭툭 내던졌고 치호는 녀석의 하는 행동을 무심한 표정으로 내려다보고 있을 뿐이었다.

"글씨도 알아먹질 못 하겠네 이거. 어이, 거기 이런 글자 본 적 있어?"

녀석은 이미 누군가가 은신해 있다는 것을 알아차리고도 별일 없다는 듯이 책을 꺼내 대충 훑어보고 툭툭 던지는 행위를 멈추지 않으며 계속해서 말을 이어나갔다.

"나 참, 그 영감탱이 말이 맞는 게 하나도 없어. 뭐 아무도 서고를 본 자가 없어? 떡하니 여기 나보다 먼저 들어온 놈이 있는데, 그 영감탱이 내가 나가기만 해봐. 혀는 물론이고 아주 목을 썰어줄 테니까. 거기! 쓸데없이 기운 빼지 말고 나와."

치호는 녀석이 완전히 자신을 알아챈 것 같아 더 이상 어둠 속에 몸을 감추고 있는 것은 의미가 없어 보였기에 천천히 걸어갔다.

치호의 손에는 어느새 주워온 도끼가 손에 들려져 있었고 얼굴에는 방금 전까지 딱딱하게 굳었던 얼굴과는 달리 이상하게도 쥬드를 보고 희망에 가득 찬 표정이었다.

"이여, 집념의 사나이? 이게 얼마만이야?"

치호가 넉살좋게 어둠 속에서 쥬드 쪽으로 걸어 나와 쥬드를 반겼다.

그 모습은 마치 오래전 헤어진 친우를 맞이하는 것처럼 반가운 표정이었으나 치호의 모습을 본 쥬드는 그와 달리 마치 학질에라도 걸린 듯 온몸을 부들부들 떨기 시작했다.

"이… 이……!"

"새삼스럽게 왜 이래? 뭐 못 볼 거라도 봤나? 내 뒤에 귀신이라도 있어? 회귀자 나리께서 귀신 따위에 겁을 먹으면 쓰나? 안 그래?"

치호는 녀석이 부들거리며 말을 잇지 못 하자 장난스레 주위를 둘러보며 귀신을 찾는 듯한 행동을 보이며 말을 이었다.

"그러게 확실히 끝장을 봤어야지. 그런 식으로 대충 일을 끝내면 내가 서운하잖아. 이번엔 확실히 끝내보라고, 응?"

"너… 너 이 새끼! 어떻게 첫 번째 필드에서 벗어난 거야? 어! 첫 번째 필드에 지배자는 아직 발견되지 않았는데… 지배자가 존재했던 거냐!"

녀석도 회귀자라서 그런지 지배자를 처단하면 새로운 통로가 개통된다는 사실을 알고 있는 것 같았다.

치호는 녀석이 당황해할 때 슬쩍 녀석을 파악하기 시작했다.

'셀렌의 안목.'

〈기량이 상대보다 높지 않습니다. 셀렌의 안목이 실패했습니다.〉

'호오. 기량이 높다고? 꽤 쓸 만한 아이템을 많이 가지고 있는 모양이지?'

처음으로 치호가 발동시킨 셀렌의 안목이 통하지 않는 순간이 찾아왔다. 그것도 쥬드에게서.

실패한 셀렌의 안목은 쥬드에게도 무언가 메시지를 남긴 듯했다.

"흥, 무슨 개수작을 부렸는지는 모르지만 나한텐 안 통할 거다. 제길, 넌 왜 항상 이럴 때만 내게 나타나는 거지? 내가 무언가를 하려고 하면 꼭 그때마다 나타나서 날 방해하냔 말이야!"

"오? 뭔가를 하려고 하셨어? 날 두고? 이거 서운한데… 난 말이야, 널 위해서 이런 것까지 준비했는데 말이지. 혹시 찾는 게 이것 아니야?"

치호는 인벤토리에서 라플렌의 꽃 하나를 꺼내며 쥬드에게 약 올리듯 보여줬다. 이 필드에서 단 한 송이 남은 라플렌의 꽃이다.

"그… 그걸 네가 어떻게?"

"내가 네 수고를 덜어줬지. 그리고 이 한 송이가 마지막이야. 이건 내가 널 위해 특별히 남겨 두고 나머지는 다 없애 버렸거든? 한마디로 여기서 자료를 찾아봐야 얻을 수 있는 건 아무것도 없다 이거지."

"이… 이 새끼!"

녀석은 화가 보통 난 것이 아닌지 얼굴은 벌게져 달아 올라 있었고 이마에는 핏줄이 솟아올라 당장에라도 터질 것만 같았다.

그런 모습을 하고도 녀석은 아직 치호에게 달려들지 않는 걸 보면 쥬드의 회귀 전 기억이 아직도 트라우마로 남아 있는 것 같았다.

쥬드는 화를 가라앉히기 위해서 크게 한숨을 내쉬며 치호에게 말했다.

"후우. 그래서 이번에도 날 방해할 셈이냐?"

"이번에도라니, 난 이번이 처음인데? 너 말이야, 회귀자라고 하지만 사실 지금까지 뭐 이루어 낸 게 하나라도 있어? 네 꿈 속에서 이룬 것들 말고, 지금 말이야. 너와 내가 마주 서 있는 바로 지금 이 순간."

"흥, 도발하려고 하지 마라, 치호. 네 녀석 수법을 내가 모를 것 같아?"

치호의 수를 쥬드가 단숨에 알아채자 흥이 순식간에 식었다.

녀석이 이런 것까지 알고 있다면 굳이 녀석을 도발하기 위해 심력을 낭비할 필요도 없을 것 같았다.

그래서 도발은 더 이상 그만하기로 하고 궁금하던 것을 쥬드에게 물었다.

"그런데 말이야. 네가 진짜 회귀자라고 하면 이딴 수명에 관련된 꽃 따위에 현혹될 것 같진 않은데 말이야. 굳이 이것을 그렇게 찾는 이유가 뭐지? 도저히 이해가 안 되어서 말이야."

"네 녀석은 당연히 모르겠지. 넘치는 생명력을 가진 네놈이니까."

"뭐? 그거하고 무슨 상관이야. 너 무슨 영생 그런 거라도 바라는 거야?"

"하하. 영생? 웃기는군. 이걸 보고도 그런 말이 나올까?"

쥬드는 그렇게 말하고는 인벤토리에서 한 자루의 검을 꺼냈다.

단지 검 한 자루였지만 보통의 기세를 가진 검이 아니었다. 멀리서 봤을 뿐인데도 느껴지는 귀기가 치호를 압박해 들어왔다.

녀석은 그것을 꺼내어 손에 쥐자마자 치호를 향해 쇄도해 들어왔다.

까가가각.

녀석의 움직임은 지난번 녀석과 함께 사냥을 하던 때와 전혀 다른 모습이었다.

그때 실력을 숨긴 것인지 아니면 치호와 떨어져 있는 사이 실력을 키운 것인지 알 수 없지만 어쨌든 치호가 정신을 놓고 있었다면 순식간에 목이 떨어져 땅에 구르고 있을 정도의 빠르기였다.

쥬드의 검을 간신히 막아낸 도끼는 그 힘을 이겨내기가 힘든지 부들부들 떨리고 있었고 그 많은 전투를 겪어오면서도 버텨냈던 도끼가 단 한 번의 격돌로 날이 상해 있었다.

"어때? 이 검. 수십 번의 회귀에서도 바뀌지 않았던 네 검이다. 네 녀석이 하도 아끼길래 이번에는 내가 먼저 차지했지. 아주 좋아. 좋긴 한데 다루기가 여간 까다로운 게 아니라서 말이야. 네 애검으로 이번에는 네 목을 잘라주마, 치호."

쥬드는 애검이니 어쩌니 하며 알 수 없는 말을 지껄이다가 다시 한 번 치호에게 쇄도하기 시작했다.

까가각.

다시 한 번 부딪친 두 사람의 병기는 불꽃을 연신 튀기기 시작했지만 두 사람 모두 실질적으로 피와 살이 튀지는 않았다.

서로 공격과 수비가 탄탄해 마치 잘 짜놓은 한 편의 극을 보는 듯한 움직임이었다.

"쥬드, 그때는 실력을 숨긴 거냐?"

"실력을 숨겨? 첫 번째 필드에서 네놈처럼 움직이는 게 이상한 거야!"

까드득.

쥬드가 소리를 지르며 치호에게 쉴 틈 없이 연격을 날리자 그것을 방어하는 치호의 도끼에서 좋지 못한 소리가 들렸다.

'얼마 버티질 못하겠는데.'

녀석의 검이 치호의 도끼에 계속해서 대미지를 주었고 최대한 도끼가 상하지 않게 녀석의 공격을 받아내었지만 상태는 점점 더 악화될 뿐이었다.

하지만 그것을 쥬드에게 내색할 만큼 어설프진 않았다. 쥬드는 그런 치호의 속도 모르고 매정하게 공격의 속도를 더욱

박차를 가해 나갈 뿐이었다.

까강.

검과 도끼가 서로 마주한 채 두 사람이 가까워졌을 때 치호는 뭔가 이상함을 느꼈다.

녀석의 머리칼이 뿌리에서부터 천천히 하얗게 탈색되어 가고 있었다.

게다가 처음 봤을 때와는 달리 얼굴에도 잔주름이 점점 늘어난 듯해 보이는 기이한 모습에 치호의 집중력이 잠시 끊겼고, 그 찰나를 놓치지 않은 쥬드의 검이 치호의 어깨를 그대로 관통했다.

"크흑."

치호는 피가 뭉글뭉글 새어 나오는 어깨를 부여잡고 재빨리 물러나 쥬드에게 말했다.

"쥬드, 너 뭐야?"

"이제야 눈치챘나 치호? 이게 바로 검의 힘이지. 네 녀석이 어떻게 이 검을 다루었는지는 모르겠다만 이 검은 너무 지독해. 하지만 그만큼 아주 효과는 아주 특별하지. 하하."

쥬드는 치호에게 상처를 입힌 게 마음에 들었는지 한껏 여유를 부리며 말을 이었다.

"뭐, 아직은 다른 인격 어쩌고 하면서 응석을 부릴 땐가? 내가 아는 치호는 이렇게 나약하지 않았는데… 역시 초반에는 너도 별거 없군."

그렇게 말하고는 다시 자세를 잡고 치호에게 달려들었다. 치호는 더 이상 정면으로 부딪쳐서는 답이 나올 것 같지가 않아 스킬을 발동시켰다.

"투사의 발걸음."

치호는 투사의 발걸음을 발동시킨 것은 물론 발치의 검은 연기까지 동원해 상처를 빠르게 회복해 갔다.

치호로서는 가능하면 사용하고 싶지 않은 힘이었지만 녀석의 힘이 생각보다 강해 어설프게 상대하다가는 역으로 당할 것 같았다.

쾅쾅.

투사의 발걸음까지 사용해 녀석의 공격을 피해내자 그 충격의 여파로 치호의 뒤에 있던 책장 몇 개가 쓰러지며 먼지를 일으켰다.

그 피어오르는 먼지 속에서도 쥬드를 놓치지 않고 정확하게 녀석을 향해 회심의 공격을 날렸다.

까강.

"이런 얕은 수라니, 치호."

치호의 공격을 너무도 쉽게 막은 녀석은 발을 그대로 들어 치호의 복부를 가격하자 치호는 그대로 수 미터를 밀려나 책장 몇 개를 무너뜨리고 나서야 멈추었다.

"커헉."

치호는 가슴에서 올라오는 검은 피를 억지로 토해냈다. 그런 치호에게 쥬드가 천천히 걸어오며 말했다.

"스킬을 쓰기 시작했다 이거지? 내가 차지해야 할 꽃을 먼저 가진 걸 보면 바쁘게 움직인 것 같지만 말이야, 나도 그 못지않게 바쁘게 움직였지. 너를 위해 준비한 건 아니지만 먼저 실험용으로 써볼 수 있겠군."

그러면서 녀석은 뭔가 준비하는 듯 보였고 치호가 몸을 일으켜 다시 전투태세를 갖추었을 때 녀석은 기다렸다는 듯 스킬을 외쳤다.

"강신, 바르시."

쥬드가 스킬을 외치자 동시에 쥬드의 몸이 한순간 빛나는 것만 같더니 순식간에 그 기세가 험악하게 변했다.

스킬을 사용한 쥬드의 기세는 이전과는 다르게 보는 이를 압도할 만큼 품격이 느껴지는 듯한 기세였다.

"바르시? 이게 무슨 개······."

녀석이 사용한 스킬 이름을 듣자마자 바르시란 단어에 반응을 했지만 그 생각은 오래가지 못했다.

어느새 치호의 앞까지 도착한 녀석의 무자비한 발길질이 치호의 가슴팍을 박살 낼 듯 가격했고 치호는 다시 한 번 바닥을 구를 수밖에 없었다.

쓰러진 치호는 아까보다 훨씬 더 많은 양의 피를 토했지만 방금 전처럼 고통이 느껴지지 않았다. 다만 치호의 눈앞에 새로운 메시지가 떠오를 뿐.

[광기의 야차 귀면갑의 〈야차〉가 발동되었습니다. 야차가 발동하는 동안 착용자는 고통을 잊고 오로지 적을 격살하는 전장의 지배자가 됩니다.]

치호는 엄청난 대미지에 정신이 없었다. 녀석이 방금 사용한 스킬은 분명 투사의 발걸음이 분명하다.

녀석의 뒷편에 새겨져 있는 발자국들과 자신의 가슴팍에 새겨진 발자국을 보면 말이다.

그렇다면 진정으로 녀석이 바르시를 제 몸에 씌웠다는 것인지 혼란스럽기 그지없었다.

하지만 그 생각을 끝마치기도 전에 쥬드는 다시금 치호에게 달려들어 치호의 머리를 그대로 밟아 버렸다.

"겨우 이 정도였나? 황치호!"

녀석은 승리를 확신하듯 소리쳤지만 아쉽게도 녀석이 원하는 대로 치호는 머리가 터져 죽거나 하진 않았다.

[에틸라반의 우울 − 수호 효과 발동]
[남은 수명의 72년을 차감합니다.]

짧게 떠오른 메시지와 함께 치호는 가까스로 녀석의 제공권을 벗어날 수 있었다.

녀석이 발을 굴렀을 때 치호의 죽음을 확신했던 모양인지 잠시의 빈틈이 생겼기 때문에 몸을 뺄 수가 있었다.

"13인의 악몽."

치호가 악몽들을 불러내자 뒤편으로 검은 연기들이 뿜어져 나와 악몽들이 모습을 갖추기 시작했고, 악몽들은 형태를 갖추자마자 치호가 명령하기도 전에 주인의 위기를 알아챘는지 즉시 쥬드를 향해 검은 빛살처럼 쇄도했다.

하지만 13인의 악몽들은 지난번 전장에서 보여줬던 위용을 뿜어내지 못했다.

이상하게도 녀석이 휘두르는 검에 상처 입은 악몽들이 그것을 쉽게 회복해 내지 못했다.

치호의 힘을 끌어 쓰는 것은 지난번 전장과 마찬가지로 변함이 없었지만 녀석의 검에 무슨 장치가 있는 것인지 도무지 악몽들의 상처가 잘 회복되지 않는 기이한 현상에 악몽들이 제 힘을 제대로 쓰지 못했다.

그럼에도 불구하고 악몽들은 쥬드의 움직임을 최대한 막아 치호에게 몸을 추스를 시간을 벌어주었다.

하지만 악몽들의 상태가 위태위태한 것으로 보아 얼마 버티질 못할 것만 같았다.

'악몽들이 움직임을 읽히고 있다.'

몸을 추스르며 지켜본 쥬드와 악몽간의 전투에서 쥬드는 악몽들의 움직임을 완벽하게 읽고 있는 듯 보였다.

녀석의 강신 기술이 제대로 바르시를 불러들인 것처럼 느껴졌다.

치호에게 남은 패는 이제 별로 없었다. 이대로 멍청한 표정으로 전투나 바라보고 있을 시간이 없었다.

치호는 잠시 생각을 하다가 인벤토리에서 마지막 한 알 남은 키테그람의 흉포를 꺼내 들었다.

손에 올린 키테그람의 흉포를 보며 알 수 없는 표정을 짓던 치호는 악몽들이 역소환되기 전에 얼른 그것을 입에 털어 넣었다.

《키테그람의 흉포를 섭취하셨습니다. 모든 스테이터스가 10분간 100% 향상됩니다. 하지만 심신이 불안정한 상태입니다. 주의하세요.》

— 기본능력(미지정 포인트 +10)

근력: 78()156)[+0(18) +10%] 〉 86()172)

지구력: 208()416)[+0(198), +20%] 〉 250()499)

민첩: 110()220)[+0(80), +10%] 〉 121()242)

마력: 77()154)[+0(32), +25%] 〉 96()192)

기량: 427()854)[+0(417), +10%] 〉 470()939)

스테이터스 수치가 치솟았지만 이번에는 치호에게 고통이 느껴지지 않았다.

《광기의 야차 귀면갑》의 《야차》효과가 지속되고 있었는지 스테이터스가 올라갈 때마다 느껴졌던 격통이 이번에는 치호를 괴롭히지 않았다.

쥬드에게 고통스러워하는 모습을 들키고 싶지 않았는데 오히려 잘된 일일지도 몰랐다.

더군다나 일전에 키테그람의 흉포를 완벽히 통제한 채 사용했지만 지금의 치호는 그것을 일부러 제어하지 않았다.

스테이터스 수치가 오르긴 했으나 투신 바르시를 몸에 강신시킨 저 녀석을 제압할 만한 확신이 들지 않았기 때문에 무리를 해서라도 좀 더 큰 힘을 불러 일으켜야 하기 때문이었다.

벌써 스킬도 통하지 않았고 착용 중인 전설 무구의 효과마저도 녀석에게 모두 사용해 버렸다.

만약 이 흉포까지 녀석에게 통하지 않으면 자신이 불사라는 사실을 알고 있는 쥬드에게 굉장히 곤란한 꼴을 당할 수 있었다.

게다가 치호는 녀석을 죽이기 전에 녀석에게 꼭 전할 말이 있었다.

그러려면 녀석을 온전한 상태에서 제압을 해야 하기 때문에 자신의 감정을 일부러 제어하지 않았다.

어쩌면 이번이 마지막일지도 모르기 때문에 치호는 자신을 풀어놓았다.

수천 년 동안 풀지 않고 거부해 왔던 자신의 온전함 힘을 풀어내기 위해서.

"치호! 너도 별수 없구나. 혼자 고귀한 척하는 네 녀석도 결국 힘이 달리니 이런 잡기술 따위를 꺼내 들다니. 크하하하! 게다가 네 검, 아주 마음에 들어. 이런 검을 들고 다녔으니 그렇게 강할 수 있었던 것이지. 네놈도 이것이 없으면 그저 한낱 테스터에 불과했구나!"

쥬드가 치호를 향해 소리칠 때 13인의 악몽들을 모두 처리한 것인지 치호가 역소환을 한 것인지 주변에는 더 이상 악몽들을 찾아볼 수 없었다.

쥬드는 수십 번의 회귀를 하는 동안 자신의 힘에 치호가 바닥을 구르며 기어 다니는 모습과 이런 기술을 사용하는 것을 본 적이 없기에 치호가 힘의 밑바닥까지 드러냈다고 생각했다.

언젠가 치호의 목을 베었을 때도 한심한 벌레를 보는 듯한 표정으로 쥬드를 보았던 치호니까.

그런 치호가 자신의 힘에 굴복해 바닥을 구르는 모습을 보니 녀석은 그동안의 감정이 폭발해 쾌감이 들었는지 미친 듯 웃기 시작했다.

하지만 그런 쥬드의 말에도 치호는 전혀 반응을 하지 않고 있었다.

마치 망부석처럼 딱딱하게 굳어 움직이지 않는 것이 마치 모든 것을 포기한 듯 보였다.

쥬드는 그런 치호에게 한 걸음씩 천천히 걸어가면서 거리를 좁혔다.

쥬드가 의식하지 않아도 그의 걸음걸음마다 발자국이 찍히는 것이 치호의 투사의 발걸음보다 한 단계 위처럼 보였다.

치호의 바로 앞까지 다가온 쥬드의 모습은 처음 서고에서 보았던 모습과는 전혀 다른 모습이었다.

머리는 완전한 백발이 되어 있었고 피부는 마치 죽음을 앞둔 노인처럼 잔주름이 자글자글했다.

하지만 그 몸의 근육들은 혈관이 불뚝불뚝 튀어 올라와 있어 보기만 해도 위협적으로 느껴졌다.

그런 급변한 쥬드의 모습에 놀랄 만도 하건만 치호는 눈에 초점이 풀려 가만히 서 있을 따름이었다.

그런 치호를 보며 회심의 미소를 지으며 말했다.

"이제 포기한 거냐? 치호, 이번엔 내 승리다. 네 녀석도 너의 물건이 없으니 영 힘을 못 쓰는군. 네놈이 여기서 다시 살아나 내게 온다고 해도 이제는 소용없다. 네놈이 가질 모든 물건은 모조리 쓸어 담아주지. 크하하하!"

쥬드는 그렇게 말하고는 그 기이한 검을 들어 올려 치호의 심장에 일말의 망설임도 없이 그대로 꽂았다.

쥬드는 자신의 검이 치호의 심장을 꿰뚫자 끝났다는 생각에 그대로 검을 잡아 뽑으려했지만 검이 꿈쩍도 하지 않았다.

도저히 치호의 몸에서 검이 뽑히질 않았다. 그리고 그때 자신의 심장을 꿰뚫는 자극에 치호의 초점이 돌아왔고 이내 그 무거운 입에서 쉽게 이해 못 할 소리가 나왔다.

"치호여. 이 세계는 아주 흥미롭구나. 아주 재미있어."

치호의 심장에는 거대한 검이 틀어박혀 있었지만 그 상황에는 전혀 어울리지 않는 침착하고 무거운 목소리였다.

쥬드는 심장이 꿰뚫렸어도 피를 토하거나 원독에 찬 표정을 짓기는커녕 아주 만족스러워하는 치호의 표정을 보자 일순 몸이 굳었다.

마치 범 앞에 선 토끼처럼 사지가 말을 듣지 않는 것만 같았다.

게다가 지난 회귀들을 떠올려 보면 치호의 목을 벤 적이 없던 것은 아니었으나 이런 적은 처음이었다.

압도적인 존재감.

처음부터 이런 모습을 보였다면 아예 대적할 생각을 하지 않았을 것이다.

번번이 극적인 순간 아주 미세한 차이로 치호에게 일을 저지당하고 회귀를 해야 했다.

그렇기 때문에 항상 조금만 더 하면 될 것 같은 아쉬움이 남아 치호에게 대적했고, 그러다 보니 어느새 치호에게 집착을 하게 되어 지금까지 따라오게 된 것이다.

하나 지금 치호의 모습은 단언컨대 단 한 번도 보지 못했던 그런 모습이었다.

그런 존재감을 내뿜는 치호가 가슴팍에 꽂힌 검을 물끄러미 내려다보며 말했다.

"호오. 재미있는 검이로구나, 아해여."

치호가 입을 뗀 순간 치호의 중심으로 검은 충격파가 일어나 쥬드를 수십 미터나 날려 보냈다.

쿵쿵쿵.

책장을 몇 개나 부수고 나서야 멈춰선 쥬드는 손에서 절대 놓지 않으려 했던 그 검을 너무나 쉽게 놓아버렸다.

그런 쥬드는 넋이 빠진 얼굴로 치호를 바라보는 것 말고는 지금 할 수 있는 것이 없었다.

치호의 몸에서는 쥬드의 검이 천천히 뽑혀 나오고 있었다. 마치 고통을 모르는 사람처럼 얼굴빛 하나 변하지 않고 천천히 칼을 뽑아내는 치호의 얼굴은 일견 괴기스러워 보이기까지 했다.

"이게 아이템이란 것이로구나. 흠······."

마치 아이템을 처음 본 것인 양 꼼꼼히 검을 관찰하는 치호의 태도에 쥬드는 다소 당황스러웠지만 지금 그런 걸 따질 계제가 아니었다.

쥬드는 치호가 검을 관찰하고 있을 때 책장에서 떨어진 책들에 파묻혀 있던 몸을 힘겹게 꺼내 일으켜 치호의 기세를 떨쳐내려는 듯 고함을 질렀다.

"황치호!"

쥬드의 목소리는 서고의 천장에서 얼마 동안이나 그 자리를 지켰을지 모를 케케묵은 먼지가 후두두 떨어질 만큼 큰 소리였다.

소리를 지른 쥬드는 원독에 찬 눈빛으로 치호를 바라봤고 그의 입에서는 한줄기 선혈이 흐르고 있었다.

다만 쥬드의 고함이 어느 정도 효과가 있었는지 처음처럼 몸이 굳어 움직이지 못하는 상황은 벗어난 것처럼 보였다.

"황치호! 네놈, 지금까지 날 속인 거냐!"

"……"

치호는 쥬드 따위는 안중에도 없다는 듯 묻는 말에 대답도 않은 채 천천히 주변을 둘러보고 있었다.

쥬드의 검은 치호의 관심을 오래 끌지 못했는지 이미 발치에서 아무렇게나 구르고 있었다.

"이… 이!"

쥬드는 마치 자신의 존재를 머릿속에서 지운 듯한 모습으로 있는 치호의 태도에 분노가 머리끝까지 치솟았다.

방금 전 치호에게 느꼈던 여러 감정들 따위는 그 치솟는 분노에 먹혀 망각이라도 한 듯 앞뒤 재지도 않고 치호에게 미친 듯 달려들었으나 그런 쥬드의 의지와는 달리 별다른 반응을 하지 않는 치호에게 접근조차 할 수 없었다.

쥬드의 돌진을 막은 것은 다름 아닌 치호의 검은 연기였다. 아니 이제는 연기라고 칭하기도 어려울 만큼 그 농도가 진해져 마치 치호를 중심으로 끈적끈적하고 불길해 보이는 검은 늪지대가 만들어진 것 같은 착각이 들 정도였다.

그런 치호의 검은 기운이 마치 파도처럼 솟아올라 쥬드의 행동을 막은 것이다.

게다가 그것으로 만족하지 못했는지 그대로 쥬드를 덮쳤고 반항 한 번 제대로 못 해본 채 사로잡힌 쥬드는 그대로 검은 기운에 휩싸여 옴짝달싹할 수 없었다.

치호는 쥬드가 소란을 피웠음에도 불구하고 전혀 상관이 없다는 듯 주변을 둘러보다가 크게 숨을 들켰다가 다시 내쉬었다.

"후우, 오랜만에 느껴보는 바깥 기운이로구나. 하나 이렇게 오염된 기운이라니… 불쾌하기 짝이 없구나."

공기를 크게 들이마신 치호는 마치 공기 안에 무엇인가 이질적인 기운을 알아차린 듯 미간을 찡그렸다.

그러고는 자신의 팔목에 채워져 있는 팔찌를 물끄러미 내려다보더니 입을 떼었다.

"악몽이여, 나오라."

치호가 명령하자 팔찌는 거친 마찰음을 내며 순식간에 악몽들을 소환했다.

하지만 평소 치호가 소환했던 때와는 달리 98인의 악몽들이 모두 소환되어 치호의 뒤편에 시립해 있었고, 그들에게서 느껴지는 기세는 하나하나가 쥬드 따위와는 비견할 수 없을 만큼의 날선 기세를 갖추고 있었다.

"호오. 달무르, 아주 쓸 만한 것들을 만들어냈구나. 나의 힘의 파편을 가지고 이 정도까지 만들어 내다니, 아직 불완전한 존재들이긴 하다만 칭찬 정도야 해줄 수 있는 것 아니더냐 치호여."

치호는 누군가에게 말하는 듯 혼잣말을 하기 시작했다.

"언제까지 인간 놀음에 빠져 하찮은 연민 따위를 느낄 것이냐… 이 용맹한 이들을 보라. 나의 힘의 파편을 가져 영원의 축복을 함께 누릴 이들을."

치호는 자랑스럽다는 듯이 말했지만 그의 말에 대답해 주는 이는 하나 없었다.

하지만 치호의 표정에서는 아주 만족스러운 듯한 모습이 역력했다. 그 순간 치호의 눈앞에 메시지가 하나 떠올랐다.

[인가되지 않은 힘을 사용하였습니다. 다시 한 번 인가되지 않은 힘을 사용해 규율을 파괴할 시 경고 없이 제재가 들어가니 주의하여 주시기 바랍니다.]

치호는 눈앞에 떠오른 메시지를 보고 잠시 미간을 찌푸리는 듯하더니 이내 표정을 풀고 크게 소리 내어 웃었다.

"크하하하! 정말 흥미로운 세계로구나, 치호여. 감히 본좌에게 경고라는 단어를 사용하는 이가 있다니. 아주 재미있는 곳에 본좌를 인도하였구나."

치호가 말을 마쳤을 때 그의 손에는 검은 기운이 한껏 뭉쳐져 있었고 그 기운의 모습은 마치 빛조차 삼켜 버릴 듯한 무저갱 같은 어둠이었다.

치호는 그 검은 손을 천천히 들어 올리며 말했다.

"감히 본좌에게 그 건방진 말을 지껄이는 자, 모습을 드러낼지어다."

그렇게 단언하듯 말하고는 검은 손을 허공에 그대로 찔러 넣었다.

그러자 아무것도 없는 허공이 마치 진동이라도 하듯 파르르 떠는 것처럼 보였다.

그 광경은 마치 일전에 키테그람이 공간을 깨고 나온 것과 일견 비슷해 보이는 광경이었다.

허공에 균열이 생기기 시작할 때 치호의 표정에서 미묘한 변화가 나타나기 시작했다.

"치호여, 방해하지 말라… 크흑."

치호는 뭔가 마음대로 풀리지 않는지 점차 표정이 일그러지기 시작했고 이내 입에서 붉은 피가 흐르기 시작했다.

"치호여! 어찌 방해를…… …만해… 그만해! 이 미친놈아!"

치호가 거칠게 욕설을 뱉는 순간 치호의 주변에 깔려 있던 검은 기운은 순식간에 모습을 감추며 다시 치호에게로 빨려 들었고 공간을 균열 내던 그 무저갱 같던 검은 손도 원래의 제 모습을 찾았다.

하지만 치호의 상태는 정상이 아닌 듯 연신 피를 토하며 쓰러질 듯한 모습을 보이고 있었다.

"하필… 네놈이, 후우."

치호는 방금 전까지 자신의 몸을 움직이던 녀석을 생각하며 안도의 한숨을 내쉬었다.

키테그람과 전투를 치를 때 나온 녀석과는 달리 이 녀석은 가능하면 보고 싶지 않은 녀석이었다.

그놈은 스스로를 특별한 존재라고 여기고 더욱이 인간을 벌레처럼 여기는 녀석으로 치호와는 반대의 성향을 가져 치호조차 꺼리는 녀석이었다.

하필 그런 녀석이 고개를 들고 말았다. 녀석을 처음 제압할 때 했던 고생을 생각하면 아직도 치가 떨리는데 어쩌다 보니 녀석의 잠을 깨우고 말았다.

게다가 키테그람의 흉포로 치호 자신의 힘을 격발시켜 온전한 모습을 보이려 했으나 엉뚱한 녀석이 긴 잠을 깨고 나와 자신의 몸을 차지하려 들었다.

치호가 계획했던 것이 녀석 때문에 완전히 어그러지고 말았다.

'제길. 쥬드, 아직 죽어선 안 돼.'

치호는 몸이 아직 회복되지도 않았건만 쥬드를 먼저 생각했다.

그러고는 쥬드가 쓰러져 있는 곳으로 시선을 옮겼다. 지식의 서고는 방금 전 치호의 격렬한 힘의 여파로 책들이 널브러져 아수라장이 되어 있었고 쥬드는 차가운 바닥에 몸을 누인 채 죽은 듯 쓰러져 있었다.

그런 쥬드를 보며 치호는 다급히 몸을 움직였지만 몸이 마음처럼 움직이지 않았다.

쥬드에게 다가서는 발걸음은 마치 누군가가 치호의 발을 잡고 놓아주지 않는 것처럼 무거웠다.

하지만 한 발 한 발 힘겹게 발걸음을 떼며 쥬드에게 천천히 다가섰다.

쓰러져 있는 쥬드 곁으로 다가가 내려다본 녀석의 모습은 눈을 뜨고 볼 수 없을 만큼 만신창이가 되어 있었다.

피를 토했는지 입 주변에는 붉은 피로 칠갑이 되어 있었고 그의 머리칼은 하얗게 탈색되다 못 해 손끝이라도 닿으면 바스러져 내릴 것만 같았다.

게다가 온몸에 힘이 넘쳐 보이던 그의 근육은 쪼그라들고 주름이 자글자글하여 마치 미라처럼 보이는 모습이었다.

그런 모습을 하고도 아직 살아 있는지 미약하게 가슴이 오르락내리락하고 있었다.

"쥬드, 살아 있나?"

치호가 쥬드에게 말하자 쥬드는 누운 채로 힘겹게 눈을 반쯤 떴지만 금방이라도 다시 감길 것처럼 힘이 느껴지지 않았다.

"너… 너 어떻게… 그들의 힘을……."

쥬드는 없는 힘을 쥐어 짜내 말하는 것인지 쉿소리가 섞인 듯한 거친 목소리로 힘겹게 말했다.

하지만 치호는 그런 쥬드에게 시간이 없어 보이자 그의 말에 대꾸도 하지 않고 쥬드에게 말했다.

"쥬드, 넌 또다시 내게 올 것이냐?"

"크큭, 쿨럭. 난 네 진짜 힘을 봤다. 하나 그들에 비하면 뛰어넘지 못할 힘도 아니지. 크크. 계획을 수정해야겠지만… 커헉."

쥬드가 거칠게 기침을 하며 피를 토해내는 폼이 예사롭지 않았다.

시간이 정말 얼마 남지 않은 것 같아 치호는 조급한 마음이 들었지만, 내색하지 않고 최대한 침착한 모습으로 녀석에게 말했다.

"쥬드. 네 집념에 경의를 표하마. 해서… 날 확실히 죽일 수 있는 방법을 알려주지. 어디 한번 그 힘을 가지고 내게 덤벼 봐."

치호는 그렇게 살짝 도발하듯 말하고는 쥬드의 귓가에 얼굴을 대고 지금까지 겪었던 일들을 모조리 이야기했다.

처음 키테그람의 새끼를 만난 것부터 시작해서 히든 스킬 셀렌의 안목을 얻고 그것을 완성시키기까지의 긴 여정을 하나도 빼지 않고 이야기했다.

그리고 완성시켰을 때의 그 효과까지 이야기했다. 쥬드가 회귀자이기에 부탁할 수 있는 방법이다.

이미 지금은 자신이 스킬을 익혔기 때문에 희망이 없다. 그러므로 쥬드라면, 아니 쥬드만이 할 수 있는 일이다.

치호가 말을 마쳤을 때 쥬드는 치호를 멍한 눈으로 잠시 바라보는 것 같더니 살짝 미소를 짓고는 이내 눈을 감았다.

눈을 감은 그의 눈은 다시 뜨질 못했고 그의 앙상한 육신은 점차 검은 재가 되어 흩날리기 시작했다.

[광기의 야차 귀면갑의 〈야차〉가 발동 해제됩니다. 충격에 대비하세요.]

[키테그람의 흉포 효과가 잠시 뒤 해제됩니다. 충격에 대비하세요.]

[10]
[9]

치호는 녀석이 죽음과 동시에 야차 효과가 해제된다는 메시지를 시작으로 수없이 많은 메시지가 떠올랐지만 이미 치호의 관심 밖이었다.

[4]
[3]

'쥬드… 반드시 성공해라.'

[1]
[0]

"커억."
카운트가 끝남과 동시에 시작된 고통은 도무지 참기 힘들었다.

마치 지금까지 누적된 모든 고통을 일순간에 풀어내는 듯 말로 표현할 수 없을 만큼 지독했고 치호는 그런 격통 속에서 신음 소리조차 내지 못한 채 그대로 쓰러졌다.

도무지 참을 수 있는 수준이 아닌 격통 속에서 치호는 천천히 정신이 아득해져 가는 것을 느꼈다.

하지만 그렇게 정신을 잃어가면서도 어쩌면 이렇게 정신을 잃어 영원히 눈을 뜨지 않을 수도 있다는 희망을 품었다.

물론 쥬드가 제 역할을 확실히 해줄 것이라는 믿음을 가진 채 말이다.

치호는 아득해져 가는 정신을 놓으며 희망을 품고 그대로 천천히 눈을 감았다.

제3장
새로운 변화

똑.
똑.

치호와 쥬드의 거친 싸움 때문에 지반이 흔들렸는지 어디선가 물방울이 한 방울씩 똑똑 떨어지는 소리가 지식의 서고의 고요함을 깨고 있었다.

쥬드와 전투를 벌인 후 얼마간의 시간이 지났는지는 알 수 없지만 적지 않은 시간이 흘렀는지 이미 쥬드의 시신은 온데간데없었고 시야를 가릴 듯 뿌옇게 떠올랐던 먼지들은 모두

제 자리를 찾아 안착한 듯 흩날리는 것 하나 없었다.

그런 고요한 지식의 서고 안에서 무언가 하나가 파르르 떨며 생명의 기지개를 켜는 듯 보였다.

다시 얼마간의 시간이 흐르고 파르르 떨던 그것은 경기라도 일으키듯 숨을 크게 들이쉬며 무거운 눈꺼풀을 천천히 들어 올리고 있었다.

생명의 기지개를 켜던 것은 다름 아닌 치호였다.

그렇게 다시 눈을 뜨고 싶지 않았건만 치호의 바람과는 상관없이 결국 다시 눈을 뜨고 말았다.

비록 치호가 눈을 떴을 때 맞이한 것은 칠흑 같은 어둠이었지만, 그런 것 따위는 상관없다는 듯 천천히 상반신을 일으키고 있었다.

"……."

치호는 정신이 들고 몸을 천천히 일으켰지만 아무런 말도, 아무런 반응도 보이지 않았다.

그저 넋을 잃은 사람처럼 초점 풀린 눈으로 멍하니 어둠을 응시하고 있을 뿐이었다.

"쥬… 드."

한참을 기다린 끝에 치호의 입에서 나오는 첫 단어는 쥬드였다.

바짝 마른입에서 쇠를 긁듯이 나온 목소리는 듣기 거북하기 그지없었으나 그 안에 뭔가 한이 담긴 듯 묘한 감정이 서려 있었다.

그런 정적인 분위기 속에서도 치호의 마음속은 거친 격랑을 만난 것처럼 세차게 흔들리고 있었다.

어디서부터 잘못 되었던 것인지 아무리 생각해도 감이 잡히지 않았다.

셸렌의 안목 스킬을 사용해 쥬드의 회귀를 막은 것도 아니었다. 그렇다면 그는 회귀에 성공했을 것이다.

그렇다면 쥬드는 자신이 말한 대로 행동했을 것이고 지금의 자신은 이렇게 눈을 뜨는 것은 물론 이런 기억조차 가지고 있으면 안 된다.

그가 회귀했음으로 인해 어떤 식으로든 현재가 변했어야 하니까.

하지만 전혀 변하지 않았다. 마치 그의 회귀 자체가 실패한 것처럼 말이다.

이런 이해되지 않는 상황을 어디서부터 점검을 해야 할지, 어떻게 확인해야 할지조차 감이 잡히지 않아 치호는 멍하니 어둠을 바라볼 뿐이었다.

그런 치호의 눈에 서서히 초점이 돌아오며 쥬드가 재로 흩날릴 때 떠오른 메시지들이 눈에 들어왔다.

쥬드 하나 처리했을 뿐인데도 꽤 많은 메시지가 떠올랐는데 그중에서 유독 눈에 띄는 메시지 하나가 있었다.

'인과율의… 균형추?'

[여신님의 심부름 — 인과율의 균형추— 완료]

— 첫 번째 필드에서 시작된 퀘스트를 잊지 않고 충실히 수행하였습니다. 퀘스트에 대한 끝없는 집념으로 훌륭히 심부름을 완료하였으며 테스터의 직분을 충실히 지킨 당신은 보상을 받을 자격이 충분합니다. 더불어 해당 필드에 맞지 않는 무력을 지닌 회귀자를 처단하는데 성공해 기울어진 인과율의 균형추를 회복시키고 더러운 약탈자이자 기만자를 포획하는데 큰 역할을 한 당신에게 영광의 칭호를 드립니다.

〈첫 번째 필드의 신전에서 퀘스트 보상을 지급해야 하나 해당 테스터가 해낸 일은 간과할 수 없을 만큼 큰 업적이기 때문에 예외로 현장에서 보상을 지급합니다.〉

— 기여도: 황치호 100%

〈기여도 [SSS] — 영광의 칭호 획득〉

['홀로선 자'의 영향으로 한 단계 높은 보상을 받습니다.]

〈퀘스트 보상 - 전설 등급 장비〉

〈미지정 포인트 +20 획득하였습니다.〉

〈토트샤의 깃털(3)을 획득하였습니다.〉

〈무시할 수 없는 경험치를 획득하여 스킬로 대체합니다.〉

〈전설 등급 스킬을 획득하였습니다.〉

〈오리지널의 스킬을 가진 자를 뛰어넘어 투사의 발걸음의 숙련도가 1 상승합니다.〉

〈스킬 투사의 발걸음이 변경되었습니다.〉

이외에도 많은 메시지가 떠올라 치호의 눈을 어지럽혔지만 치호의 눈은 인과율의 균형추의 설명 부분에서 고정되어 움직일 줄은 몰랐다.

"포획… 왜……?"

평소의 치호였다면 떠오른 퀘스트 완료 메시지를 보고 길길이 날뛰는 동시에 검은 연기가 발치에서 스멀스멀 피어오르고 있었을 테지만 지금의 치호는 전혀 그런 기색을 찾을 수 없었다.

오히려 극도의 분노를 느끼자 마음이 차분하게 가라앉았고 그 어느 때보다 침착한 눈빛으로 몇 번이고 퀘스트 메시지를 읽어내렸다.

'이따위 억지를……'

치호는 메시지를 몇 번이고 다시 읽었지만 도무지 억지라고 생각할 수밖에 없을 만큼 어이가 없었다.

예외라는 것이 이렇게 쉽게 만들어져도 되는 것인가 하는 생각이 제일 먼저 들자 그것을 시작으로 꼬리의 꼬리를 무는 의문과 불만들이 쏟아져 나왔다.

그런 수많은 의문 속에서 한 가지 확신에 가까운 생각이 벼락처럼 치호의 머릿속에서 떠올랐다.

감시자.

바로 감시자에 대한 생각이다. 치호가 가진 칭호이기도 한 바로 이것에서 어쩌면 단서를 찾을 수 있을지도 모른다는 판단을 했다.

처음 이 칭호를 받았을 때 그들이 할 일을 치호에게 미루는 것 같아 화를 냈지만 어쩌면 이 감시자들은 메시지라는 것을 통해 꾸준히 자신을 비롯한 모든 테스터들을 감시하고 있을지 몰랐다.

즉, 키테그람의 흉포를 섭취하고 몸의 제어권을 빼앗겼을 때 과하게 힘을 사용하는 바람에 감시자의 관심을 이쪽으로 돌렸고 때마침 쥬드를 죽이는 것을 발견한 감시자는 억지로 일을 끼워 맞추었을 것이 분명했다.

쥬드를 포획할 명분을 얻기 위해서 말이다. 그렇게 하지 않으면 쥬드는 다시 한 번 회귀해 감시자는 그 흔적을 놓칠지도 모르니까 말이다.

더욱이 갑작스레 인가되지 않은 힘이라며 치호에게 경고하듯이 떠오른 메시지는 치호에게 확신을 심어주기 충분했다.

거기까지 생각이 미치자 치호는 드디어 실마리가 잡혔다는 듯 입가에 작은 미소가 피어올랐다.

하지만 그 미소는 보는 이로 하여금 섬뜩한 감정을 만들기 충분해 보이는 미소였다.

'두 번째다, 이번이.'

이곳에서 벌써 두 번의 기회를 날렸다.

그 길고 긴 억겁의 시간동안 갈망해 왔던 죽음의 기회를 말이다.

이상하게도 치호의 죽음을 방해하는 그들이 있는 한 자신에게 다시 죽음의 기회가 찾아온다고 해도 실패할지도 모른다.

처음 이 테스트 필드란 곳으로 넘어왔던 것처럼 시기적절하게 생각지 못한 방식으로 방해할지는 아무도 모르니까 말이다.

그렇게 생각하자 치호의 머리는 맑아지는 듯 상쾌함과 함께 정말 오랜만에 정확하고 뚜렷한 목표가 치호의 가슴속에 세워졌다.

어설프게 복수의 감정에 휘둘리는 척 자신을 속이고, 적당히 당해주고 그들을 쫓으며 시간을 보내고, 사람들과 적당히 어울려 시간을 보내는 등 시간을 낭비할 필요가 더 이상은 없다.

올곧게 목표를 향해 달려도 성공 여부를 확신할 수 없는 녀석들을 발견했다.

그들의 존재를 확신한 이상 그들을 향해 달려가 굴종시키면 그만이다.

이곳에서 얻은 물품으로 구걸하듯이 죽음을 갈구하기보다 자신의 힘으로 죽음을 이뤄낼 것이다.

그러면 되는 것이다. 항상 그래왔던 것처럼. 언제나 가장 원하는 것을 쉽게 얻은 적은 없었으니까.

생각을 정리한 치호는 그 어느 때보다도 표정이 개운해 보였다.

쥬드의 일에 대한 분노도, 떠오르는 의문에 대한 답답함도 치호의 얼굴에서 찾아볼 수 없었다.

생각을 정리하며 거칠게 말하지도, 감정을 쉽게 내보이지도 않았다. 그런 치호가 움직일 때마다 주변의 대기마저도 치호에게 길을 내주듯 파르르 떨리는 듯한 착각이 들 정도였다.

새롭게 목표가 섰기 때문에 몸의 상태를 확인하고 나갈 준비를 하려는 찰나 어둠 속에서 희미한 빛을 반사시키는 물건이 눈에 들어왔다.

그 물건을 향해 치호는 천천히 다가갔다. 격통의 여파가 아직 완전히 회복되지 않았는지 걸음이 어딘지 모르게 불편해 보였다.

치호는 그런 자신의 몸 상태를 확인하기 위해 천천히 물건을 향해 걸어가면서도 손가락을 하나씩 까딱까딱하고 발가락을 하나씩 힘을 줘보며 점검하는 행동은 자신도 모르는 사이 무의식적으로 나오는 오래된 습관이었다.

"검······."

어둠 속에서 희미한 빛을 반사시키던 그것은 예상대로 쥬드의 검이었다.

쥬드의 검만은 검은 재로 변하지 않고 그 자리에 온전히 남아 쓸쓸히 주인을 기다리는 듯했다.

아마도 자신의 광인의 영역에 있는 효과 때문에 쥬드가 검을 빼앗겼을 때 치호 자신에게로 소유권이 넘어온 듯싶었다.

그랬기 때문에 검만은 사라지지 않고 자리에 남아 있던 것 같았다.

그런 검을 집어 들었을 때 치호는 묘한 감정을 느꼈다.

쥬드와의 전투 자체가 한순간의 치호의 착각이 만들어낸 꿈이 아니라는 것을 증명이라도 해주듯이 손에 들린 검은 매섭고 날카로운 기운이 서서히 올라 예광을 내뿜었다.

그 검의 예광에 취해 무심코 검을 바라볼 때 불현듯 검에서 변화가 일기 시작했다.

검의 변화는 둘째로 치더라도 급작스레 치호에게도 격통이 찾아오기 시작했다.

아까도 느꼈던 스테이터스가 급변할 때 찾아오던 고통이 치호의 온몸을 다시 한 번 강타했다.

"크흡."

치호는 이를 악물고 버텨냈지만 눈과 코는 물론 귀에서까지 피가 흐르기 시작하는 것을 막을 수는 없었다.

시간이 흐르자 점점 고통은 물러났고 치호의 온몸에서는 지금껏 느껴보지 못한 강한 힘이 느껴지는 것만 같았다.

게다가 이 검에서 비롯한 고통이 시작됨과 동시에 치호의 힘을 빨아들이는 것이 느껴졌다.

팔찌가 치호의 검은 연기를 빨아들이는 것처럼 이 검 또한 치호의 힘을 탐욕스럽게 빨아들이고 있었다.

그런 검을 보며 치호는 피식 웃으며 자신의 힘을 마구 방출해 검에 쏟아부었다.

"한낱 도구 주제에."

치호는 검에게 말이라도 걸 듯 나지막이 읊조렸고 검은 그에 응대라도 하듯이 약간의 진동이 일어난 것 같은 느낌이 들었다.

하지만 그러면서도 치호의 힘을 빨아들이는 것을 멈추지 않았고 얼마간 치호와 기싸움이라도 하듯 힘을 게걸스럽게 빨아들이던 검은 끝없는 치호의 힘에 굴복했는지 얌전히 치호의 의지를 따르는 듯했다.

하지만 그럼에도 미약하게나마 계속해서 힘을 빨아들이고 있는 걸 보면 완벽히 굴종하진 않은 것 같은 모습이었다.

치호는 어느새 얌전해진 검을 보며 재미있다는 듯 손에 들고 이리저리 흔들어 보기도 하고 검면을 가볍게 손가락으로 퉁겨보기도 하면서 검의 중심점을 찾고 검 자체를 파악하기 시작했다.

쥬드의 검은 처음 잡아보는 물건임에도 불구하고 손에 착착 감기는 것이 마치 치호를 위해 만들어진 것처럼 느껴졌다.

방금 전 검이 모습을 변형시키던 것이 사용자에 맞게 스스로가 변화를 한 것처럼 보였다.

쥬드가 말했듯 자신어 아끼던 물품이라더니 그 말이 틀린 건 아닌 듯싶었다.

이정도 검이라면 항상 패용하며 사용할 가치가 있어 보였다.

하나 치호가 검을 쥐고 휘둘러도 아이템에 대한 정보가 메시지에 떠오르지 않았다.

그것을 이상하게 여겨 메시지를 올려보니 저 한 구석에 검에 대한 메시지가 이미 떠올라 있었다.

다만 이후에 나온 메시지들 때문에 그것이 한참이나 밀려 올라가 있어 발견하지 못했을 뿐이었다.

치호는 검에 대한 정보를 차근차근 읽기 시작했다.

〈파멸의 조각 - 에픽 등급 장비〉

- 공격력: 888
- 과거 이 검으로 신을 베었다는 믿지 못할 이력이 붙어 있으나 그것을 증명할 자료는 남아 있지 않습니다. 다만 신의 피를 머금은 탓인지, 신의 저주인지는 확실치 않지만 사용자의 수명을 끝없이 갉아먹고, 그것을 힘으로 치환합니다. 결국 그 힘에 중독된 사용자를 검에 미친 검귀로 만들어 파멸로 이끄는 지독한 마검입니다. 사용 시 각별한 주의가 필요합니다.

- 특수 효과: 근력 +682, 속성 피해(어둠) +341(+0)

— 보조 효과: 사용자의 수명을 차감한 만큼 속성 피해가 가산됩니다.

— 세트 효과:

1. 검에 속성력을 씌워 일정 확률로 상태이상(공포)을 유발합니다.

2. (미개방)

3. (미개방)

4. (미개방)

— 내구도: 100/100

치호는 파멸의 조각이란 이름을 가진 에픽 등급 물품의 설명을 집중해서 읽었다.

지금까지 보지 못 했던 내용이 추가되어 있었기 때문에 평소보다 좀 더 세세히 읽을 필요가 있었다.

'세트… 속성 피해?'

치호가 생각하기에 이런 비슷한 속성을 가진 무구가 필드 어딘가에 숨어 있는 것 같았다.

쥬드가 이런 무기를 어디서 얻었는지 몰라도 세트를 모두 모았을 때 어떤 효과가 있을지는 짐작하기 힘들었다.

아무래도 나중에 시간을 내어 관련 정보를 따로 찾아봐야 할 것 같았다.

'이래서 도끼가 그렇게도 상했었나.'

속성 피해라는 부분이 따로 기술되어 있는 걸 보면 쥬드가 치호와 겨룰 때 그것을 사용한 것 같았다.

그렇기에 녀석의 공격을 완벽하게 받아내어도 도끼날이 상해가는 것을 막을 수 없었던 것이다.

치호가 아무리 기술적으로 뛰어나 쥬드의 공격을 완벽하게 받아낸다 하더라도 이런 식으로 스테이터스 포인트를 이용한 힘과 알 수 없는 속성 공격이라는 것으로 공격해 나가면 치호로서도 방법이 없다.

그나마 다행인 것은 치호처럼 무기의 스테이터스 포인트가 본신의 스테이터스로 변경되지 않는다는 것만으로도 감사할 따름이었다.

만약 쥬드도 그런 류의 스킬이 있었다면 제대로 막아보지도 못하고 도끼 째로 베어져 전투가 순식간에 끝났을 지도 모를 일이었다.

더군다나 지난번 티벨론에서 만난 유대진의 경우 화염 속성 어쩌고 하더니 속성에 의한 추가 대미지가 있는 것 같았다.

거기에 더불어 이 검이 가진 공격력이나 스테이터스 상승량을 보니 치호로서도 다소 당황스러울 만큼 괴랄한 정도의 수치가 적혀 있었다.

그랬기 때문에 검을 쥐었을 때 광인의 영역 선포 효과로 인해 스테이터스가 요동치며 격통을 겪었던 모양이었다.

하지만 치호는 그런 검의 상태를 보며 마음에 든다는 듯 허리춤에 적당히 찔러 넣었다.

도끼가 있던 자리를 대신해 몸 한 구석을 차지한 마검, 파멸의 조각이 뿜어내는 위용은 치호와 아주 잘 어울렸다.

마치 오랫동안 사용했던 검처럼 전혀 위화감이 들지 않는 자연스러운 모습이었다.

검에 대해 얼추 확인이 끝나자 치호는 이어서 나머지 메시지를 확인하기 시작했다.

목표를 바로 세웠으니 먼저 자신이 가진 것들을 확실히 파악하고 차근차근 준비해야 할 것이다.

최근 연이어 벌어진 전투 때문에 변경된 사항들이나 추가로 획득한 것들이 많아 이 기회에 확실히 정비해야 할 필요성을 느낀 치호는 일단 새로 획득한 칭호 먼저 살펴보기로 했다.

〈칭호 — 격동의 대현자〉

— 대현자 셀렌의 칭호를 이어받을 자격을 갖추고 증명을 완료한 자.

— 마력 +49 저항력 +10%

— 지식의 수정을 사용할 권한을 갖습니다.

〈영광의 칭호 — 율법의 수호자〉

— 테스트 필드를 유지하는 율법을 어지럽히는 사용자를 처단하여 기울어진 인과율의 균형추를 회복하는 데 큰 기여를 한 자.

— 모든 스테이터스 포인트 +10%

— 율법을 수호할 때마다 모든 스테이터스 포인트가 10%씩 향상됩니다.

〈영광의 칭호는 그 업적을 공개할 수 있습니다. 공개할 시 추가 보상을 얻을 수 있습니다. 그 업적을 모든 테스터들 공개하시겠습니까?〉

"공개하지 않는다."

치호는 칭호 항목을 천천히 읽었고 새롭게 떠오른 두 가지 칭호 외에도 일전에 얻었던 〈감시자〉 칭호가 다시 한 번 중첩되어 저항력 +5%와 기량 +10을 추가로 획득하였다.

아무래도 쥬드를 처리한 것이 감시자의 항목에 부합하는 것 같았다.

그것과 더불어 칭호를 끝까지 읽었을 때 떠오른 메시지를 보고 일말의 고민도 없이 단호하게 거절했다.

메시지들은 가끔 보상을 빙자한 덫을 깔아놓기도 한다. 때문에 이런 식으로 뭔가를 선택해야 하는 경우가 왔을 때는 보다 신중해야 할 필요가 있다.

이번의 경우도 마찬가지로 새롭게 얻을 수 있는 보상이 탐이 나긴 했지만 이번 것은 공개해서는 안 될 것 같았다.

칭호의 보상 항목을 보면 중첩식이다. 그럼 어떤 식으로든 율법이라는 시스템 자체를 흔드는 녀석들이 어딘가 더 숨어 있을지도 모른다는 뜻인데, 이들은 쥬드 혹은 달무르 같은 존재들일 가능성이 높다.

그렇다면 그들의 무력은 쉽게 생각하지 못할 터, 그들에게 자신의 신상을 공개한다는 것은 스스로 목에 현상금을 내거는 행위와 같아 귀찮은 일에 휘말릴 가능성이 비약적으로 높아진다.

그렇기 때문에 일말의 고민 없이 거절을 선택한 것이다. 치호는 그런 어설픈 덫보다는 〈격동의 대현자〉 칭호에 더 관심이 쏠렸다. 내용은 간단하지만 그 보상 항목에 언급되는 내용은 전혀 가볍지 않게 느껴졌다.

'지식의 수정 사용 권한이라?'

치호는 그 내용을 보고 쉽게 넘길 수가 없었다. 지금 자신이 서 있는 곳이 지식의 서고이기 때문에 그 이름에서 어떤 연관성을 느꼈기 때문이다.

게다가 지식의 수정이란 아이템을 메시지에서 본 적이 있었기 때문에 얼른 인벤토리를 열어 지식의 수정을 찾아냈다.

메시지에 적혀 있던 내용으로는 에픽 등급 물품이라고 했으니 아주 유용할 것 같았다.

같은 에픽 등급 물품인 파멸의 조각만 봐도 엄청난 위용을 자랑했으니 자연스레 드는 기대감이었다.

〈지식의 수정 - 에픽 등급 물품〉

- 효과: 지식의 서고를 어디서나 열람할 수 있습니다.

- 내용: 대현자의 칭호를 지닌 자는 그 지식을 널리 퍼뜨릴 의무가 있는 바 한곳에서만 머무르는 것을 권장하지 않습니다. 때문에 대현자가 지식의 서고를 어디서나 열람할 수 있도록 고안된 물품입니다. 사용법은 상점 수정과 동일하나 사용할 때마다 미지정 스테이터스 포인트 1을 차감하니 신중하게 사용하시기 바랍니다. 단 지식의 서고가 파괴되거나 훼손되면 수정 또한 사용이 불가능해지니 이 점 유의하시어 주기적으로 관리하셔야 합니다.

지식의 수정은 처음 서고에 들어왔을 때 바스러져 가루로 흩날린 그 수정과 생김새가 비슷하지만 그것보다는 좀 더 작은 당구공만 한 크기였다.

아담한 크기의 지식의 수정을 인벤토리에서 꺼내들자 물품에 대한 정보를 확인할 수 있었다. 하지만 떠오른 메시지는 썩 마음에 들지 않는 내용이었다.

'미지정 스테이터스 포인트를 차감한다니.'

물론 지식의 서고를 어디서나 열람할 수 있다는 장점은 이루 말할 것도 없이 좋은 장점이다.

특히나 다른 필드로 넘어가야 하는 치호 같은 테스터의 경우에는 더더욱.

하지만 어렵게 얻은 미지정 스테이터스 포인트를 정보 하나얻기 위해서 낭비해야 한다는 사실이 마음에 들지 않았다.

미지정 포인트는 레벨업을 할 때나 칭호를 얻을 때밖에 얻지 못할 뿐만 아니라 지식의 수정을 아직 사용해 보지 않았기 때문에 얻은 정보가 유용한지도 알 수 없어 수정을 사용하기가 꺼려졌다.

게다가 마지막 문구로 보아 주기적으로 서고를 관리해야 지식의 수정을 계속해서 사용할 수 있다는 것 같아 여러 가지로 불편한 아이템이었다.

'그래도 일단은 한 번 사용해 보고 판단해야겠군.'

수정을 손에 올려두고 미지정 포인트를 사용할지 말지 한참을 고민하다가 결국 사용해 보기로 결정했다.

힘들게 얻은 아이템을 그냥 그대로 썩히는 것도 바보 같은 짓일 테니 말이다. 마침 현재 가지고 있는 미지정 포인트도 30이나 남아 있어 여유로웠기 때문에 1포인트 정도는 사용해도 무방해 보였다.

치호는 지식의 수정을 손에 쥐고 일전에 바스러졌던 수정을 사용할 때처럼 외쳤다.

"서고 개방."

그렇게 외치자 비슷한 명령어에도 개방이 되는지 치호의 눈앞에는 상점 수정과 비슷한 인터페이스의 창이 하나 나타났고 동시에 메시지 하나가 떠올랐다.

[지식의 서고에 오신 걸 환영합니다. 지식의 수정을 사용해 접속하셨기에 모든 정보가 해당 사용자의 언어로 번역되어 표기됩니다. 알고 싶은 지식은 무엇입니까?]

'이런 식이군. 편리해.'

상점 수정과는 다르게 검색 기능이 강화되어 있는 듯한 모습이었다.

아마도 이 서고에 저장되어 있는 책들의 내용을 이곳에서 검색해서 열람할 수 있는 구조인 듯했다.

일전에 지식에 서고에 처음 들렀을 때 보았던 알 수 없는 언어에 대해서도 스스로 번역하여 제공한다고 하니 치호가 생각하는 것보다 유용하게 써먹을 수 있을 것 같았다.

치호는 새롭게 떠오른 창을 잠시 동안 바라보며 새로운 무언가는 없는지 파악하고 무엇을 검색할지 고민에 빠졌다.

이곳에서는 하나하나가 새로워 무엇을 검색해야 할지 딱히 떠오르지가 않았지만 잠시 고민하던 치호는 담담한 어조로 말했다.

"테스트 필드의 창조자."

고민을 할 때 감시자에 대해서 검색을 할까 싶다가도 결국 감시자들 역시 이 테스트 필드를 만든 자들에 의해 사역당하는 입장일 테니 굳이 그들을 검색해 볼 필요는 없을 것 같았다.

기왕 검색해 보는 것 과감하게 그 상위의 존재에 대해서 검색해 보고 싶었다.

어차피 치호는 자신의 죽음을 방해하는 이들을 모조리 치울 생각이었다.

그렇다면 어설프게 그들의 꼬리들만 백날 잘라내어 봤자 대세에 변화가 없을 테니 빠르게 수장의 머리를 치는 것이 가장 빠를 것이다.

하지만 창조자라는 키워드를 말한 후 한참이 흘러도 수정은 푸른빛을 내기만 할 뿐 별다른 변화가 없었다.

생각보다 오래 걸리는 기다림에 슬슬 지루해질 때 쯤 지식의 수정 인터페이스 창에 기다리던 메시지가 떠올랐다.

[검색어 '테스트 필드의 창조자'에 대한 결과가 104,714건 있습니다. 미지정 스테이터스 포인트 1을 차감하여 해당 검색 건 중 하나를 열람하시겠습니까?]

치호는 너무나 많은 검색 결과에 대해서 다소 난감했다. 저 많은 검색 결과 중 어떤 것이 원하는 것일 줄 알고 소중한 포인트를 쓴단 말인가.

더군다나 지금 가지고 있는 포인트를 전부 소비한다고 해서 해결될 것 같지도 않아 고민하던 찰나 치호의 등 뒤에서 그 녀석의 목소리가 들렸다.

"분위기가 많이 변하셨습니다, 대현자시여. 이렇게나 시험을 빠르게 통과 하실 줄은… 제 실수입니다."

나긋나긋 들려오는 목소리에 천천히 뒤를 돌아 목소리의 정체를 확인했더니 그 목소리의 주인은 처음 만났을 때와는 사뭇 태도가 달라진 셀렌이 공손히 손을 앞으로 모으고 서 있었다.

치호는 그런 셀렌의 사념체를 마주하고도 그다지 큰 반응을 보이지 않았다.

일전에 셀렌에게 당해 이상한 공간에서의 시험을 겪은 후 셀렌을 찾던 격정적인 치호의 모습은 더 이상 찾아볼 수 없었다.

다만 침착하게 가라앉은 치호의 검은 눈동자만이 셀렌을 차분히 응시할 뿐이었다.

"대현자의 시험을 그런 식으로 간단하게 통과하실 줄은 상상도 못했습니다. 역시 제 눈은 아무짝에도 쓸모없는 것 같습니다. 생전에 단 한 번의 실수로 인해 비참한 결말을 맞이했음에도 불구하고 같은 실수를 반복하는 아둔한 절 용서해 주십시오."

셀렌의 사념체 주제에 고개를 조아리며 무릎까지 꿇는 모습을 보니 다소 황당하기도 했지만 이미 셀렌에게 관심은 멀어졌다.

지금 치호에게 중요한 것은 이 필드를 만든 녀석과 그 하수인들이기 때문에 더 이상 셀렌과 실랑이를 할 필요를 느끼지 못했다.

그렇기 때문에 고개를 숙인 셀렌에게 잠시 관심을 갖는가

싶더니 대꾸도 하지 않고 그저 지식의 수정에 떠오른 정보로 눈을 돌렸다.

아무래도 사용법을 잘못 파악하고 있는 게 틀림없다. 검색 정보가 저리도 많은데 미지정 스테이터스 포인트를 투자해서 저 많은 정보를 열람하기란 불가능하다.

거기다 물품 등급이 무려 에픽이다. 그런 아이템을 이런 식으로 쓸모없게 만들었을 리가 없으니 뭔가 사용법을 잘못 알고 있는 게 틀림없었다.

치호가 지식의 수정에 대해 한참 고민하고 있을 때 문득 지식의 수정은 대현자들을 위해 고안되었다는 설명이 치호의 머릿속에 떠올라 고개를 조아리고 있는 셀렌을 향해 물었다.

"셀렌, 일어나라. 혹여 이 수정에 대해 아는 것이 있나?"

치호가 수정을 들어 올리며 묻자 셀렌은 천천히 숙였던 고개를 천천히 들며 일어나 슬쩍 수정을 한 번 보더니 말했다.

"지식의 수정이로군요. 이 물품이 벌써 보상으로 나오다니… 저 또한 대현자의 칭호를 받았기에 알고 있습니다. 그에 대한 기억이 새록새록 떠오르는군요."

치호의 예상대로 셀렌은 이 물품의 사용법에 대하여 알고 있는 모양이었다.

녀석도 대현자였기 때문에 이와 비슷하거나 같은 물품을 사용했던 경험이 있는 것 같았다.

치호는 얼른 녀석에게 궁금했던 것을 묻기 시작했다.

"셀렌, 지식의 수정에서 내용을 검색했더니 너무 많은 양의 정보가 나온다. 원래 이런 식인가?"

"그것은 각인 작업을 하지 않았기 때문이지요. 아시다시피 지식의 수정은 사용하기에 따라 다소 위험한 물품이기도 합니다. 그렇기에 오로지 대현자의 칭호를 받은 자만이 사용할 수 있도록 일종의 안전장치 같은 것을 만들어둔 것입니다. 대현자의 칭호를 받은 자의 피 한 방울을 수정에 떨어뜨리시면 각인이 완료되고 원하는 정보를 찾을 수 있을 것입니다."

"각인이라… 귀속 같은 것인가 보군."

치호는 녀석의 말을 듣고 얼른 단검을 꺼내 손을 살짝 베어 피를 몇 방울 수정에 떨어뜨렸다.

그러자 셀렌의 말대로 치호의 눈앞에 메시지가 떠올랐다.

[지식의 수정 사용자 각인이 완료되었습니다. 일반 테스터 황치호에게 대현자의 칭호가 확인되었습니다.]

아무래도 정보에 대한 위험성을 알고 있는지 까다로운 절차가 필요한 듯싶었다.

만약 셀렌이 없었다면 지식의 수정 사용법도 제대로 모른 채 인벤토리 한 켠에 처박혀 애물단지처럼 취급되었을지도 모른다.

어쨌든 인증도 끝났기에 다시금 테스트 필드의 창조자에 대해 검색을 해봤더니 확실히 아까와는 다른 메시지가 떠올랐다.

치호가 다시 한 번 검색을 할 때 검색어를 셀렌이 들었는지 다소 흠칫하는 태도를 보였으나 치호는 그런 셀렌의 태도가 눈에도 들어오지 않는지 오로지 떠오른 메시지에 집중할 뿐이었다.

[허위 정보를 제외한 검색어 '테스트 필드의 창조자'에 대한 가장 신빙성 있는 결과가 1건 있습니다. 미지정 스테이터스 포인트 1을 차감하여 해당 검색 건을 열람하시겠습니까?]

"열람."

[미지정 스테이터스 포인트 1을 차감합니다.]

치호가 열람을 외치자 그에 대한 정보가 지식의 수정 인터페이스에 떠오르기 시작했다.

[나는 이 세계의 원주민인 어머니와 테스터인 아버지 사이에서

태어나 두 세계에 대해서 배우며 자라났다. 그랬기 때문에 두 세계에 대해 끝없는 궁금증이 생겨났는지도 모른다.

나의 아버지의 세계에 대해서, 그리고 어머니의 세계에 대해서. 이후 필연처럼 나는 이 세계에 대해 조사를 하게 되었고 끝없는 탐구심으로 계속해서 진실을 향해 파고들었다.

하지만 손에 얻은 것이라고는 풀리지 않는 의문밖에 남지 않았다. …(중략)… 아버지의 세계와 달리 어째서 내가 뿌리내리고 있는 이곳은 단절된 세계인가.

테스트 필드라는 이름으로 세계를 분단시켜놓을 수가 있는 것인가에 대한 …(중략)… 그렇게 나는 포기하지 않았고 결국 찾아내었다.

하지만 진실을 향해 나아갈수록 나를 감시하는 보이지 않는 눈이 내게 붙었다는 것을 알 수 있었다. …(중략)… 이 세계를 창조한 자에 대해서 실마리를 잡았지만 누구도 믿지 않았다.

모두가 날 미쳤다고 했다. 하지만 진실은 변하지 않는 것. 그렇기에 나는 이것을 믿어줄 자를 위해 기록을 남긴다. 하지만 그것을 이곳에 기록하면 이 또한 지식의 서고에 기록되어 삭제당할 것이 분명하다.

나의 기록을 열람하는 자라면 힘을 갖춘 진실의 탐구자일 터, 그대가 원하는 진실은 피레프의 봉인된 대지에 숨겨두었다. 그곳에서 그대가 원하는 진실을 얻을 수 있기를 빈다.

치호는 떠오른 정보를 몇 번이고 읽었지만 별다른 영양가 없는 내용일 뿐이었다.

미지정 포인트까지 소모했기 때문에 구체적인 정보를 기대했으나 떠오른 정보는 누군가의 저서 중 일부에 불과했다.

그 내용조차 신빙성이라곤 하나도 없고 그저 누군가의 일기 같을 따름이었다.

하지만 아무런 단서조차 없던 방금 전에 비하면 훨씬 나았기 때문에 이정도 선에서 만족하기로 했다.

애초에 너무 추상적인 것을 검색했는지도 몰랐다. 그럼에도 불구하고 일말의 단서 정도는 제공했기에 이 정도 정보면 쓸모 있는 것 같았다.

다만 다음에는 지식의 수정을 사용할 때는 좀 더 구체적으로 검색해 봐야 할 것 같았다.

생각보다 긴 내용이었기 때문에 읽는데 시간이 걸렸음에도 불구하고 셀렌은 조용히 치호를 기다리고 있었다. 그런 셀렌에게 혹시나 하는 마음에 올브람에 대해 물었다.

"셀렌, 올브람이나 피레프의 봉인된 대지에 관해 아는 바가 있나?"

치호는 별생각 없이 물었던 것인데 셸렌의 표정이 생각보다 다채롭게 변하는 것이 심상찮아 보였다.

이런 태도를 보면 녀석이 단순히 셸렌의 사념체는 아닐 것이란 생각이 강하게 들었지만 굳이 캐물을 필요가 없어 녀석의 답이 나오길 기다렸다. 한참을 고민하는 듯하더니 셸렌은 말했다.

"후… 대현자이시여. 그쪽에는 더 이상 관심두지 않는 것이 어떠신지요. 너무 위험합니다. 본의 아니게 방금 검색하신 것에 대해 들었습니다만… 위험합니다, 대현자이시여."

치호에게 사정을 하듯이 말했지만 치호는 오히려 셸렌의 표정을 보고 그곳에 가면 반드시 무언가 있을 것이라는 일종의 확신을 얻었다.

정보를 얻고서도 어떻게 해야 할지 사실 망설이고 있었는데 셸렌의 태도를 보고 그곳을 반드시 찾아가야겠다는 결심이 섰다.

그런 결연한 표정으로 치호는 얼른 서고를 나설 준비를 했다.

결심이 선 이상 빠르게 움직이는 것이 좋을 테니 말이다. 하지만 그런 표정을 보고 뭔가를 눈치챘는지 치호의 앞을 막아섰다.

"내 앞길을 막는 것이냐? 셸렌."

"대현자이시여, 진정 그곳으로 가실 생각이십니까?"

"그래, 퀘스트니 뭐니 하며 나를 현혹시키는 것보다 중요한 것을 발견했다. 그러면 그저 움직일 수밖에."

"후… 그럼 일단 퀘스트를 따라가십시오. 제가 풀지 못한 한 때문에 이러는 것이 아닙니다. 제가 아무리 쓸모없는 눈을 가졌다고는 하나 대현자께서 보여주신 힘만으로는 부족합니다. 일단 퀘스트를 따라가시면 길이 보일 것입니다. 지금 제가 대현자께 드릴 수 있는 말은 이것이 전부입니다."

치호는 갑작스레 나아갈 방향을 제시하는 셀렌에 대해 의구심이 들었지만 녀석의 표정이 심각한 것을 보아 거짓을 말하는 것 같지는 않았다.

게다가 쥬드가 떠나면서 그들에 비하면 뛰어넘지 못할 힘은 아니라고 했던 말이 떠올라 마음에 걸렸다.

지금도 비슷한 말을 셀렌이 하고 있는 것이니 그냥 웃어넘길 일은 아닌 것 같았다.

잠시 고민하던 치호는 셀렌에게 말했다.

"흠… 알았다. 한데 내가 이곳을 떠나면 너는 어떻게 되는 거지? 그리고 지식의 수정을 계속해서 사용하려면 관리가 필요하다던데 내가 이 필드를 벗어나면 더 이상 수정을 사용할 수 없는 것인가?"

치호는 자신이 떠난 후 셀렌이 어떻게 되고 지식의 수정을 계속 사용하기 위해서는 어떻게 해야 하는지 아직 확인된 바가 없기에 셀렌에게 물었다.

"저는 오직 대현자만을 위해 남겨진 존재입니다. 대현자께서 서고를 떠나시면 저 또한 그대로 사라질 것이니 걱정하지 않으셔도 됩니다. 그리고 지식의 수정을 다른 필드에 가서도 사용하시려면 이곳의 관리 권한을 다른 이에게 위임하시면 됩니다. 위임받은 이가 서고를 수호한다면 문제없이 수정을 사용할 수 있습니다."

셀렌의 말을 듣자 한시름 놓는 기분이 들었다. 사실 셀렌의 사념체란 녀석이 비록 흔적에 불과하다지만 혹시 계속해서 이곳에 남아 한이 풀릴 때까지 기다리는 것은 아닐까 하는 생각이 들어 마음 한 구석이 불편했기 때문이다.

영원의 기다림을 누구보다 잘 아는 입장에서 안 봤으면 모르되 본 이상 외면하기는 좀 껄끄러웠는데 홀가분하게 떠나면 될 것 같았다.

게다가 이곳을 관리하기에 적당한 녀석들이 생각났기 때문에 그 문제도 쉽게 해결될 것만 같았다.

"알았다. 그럼 난 떠나도록 하지. 그리고 너무 걱정하지마라. 네 말대로 이번 퀘스트까지는 진행할 테니 운이 좋다면 네 녀석의 한도 풀릴 테지."

"고맙습니다, 대현자이시여. 다만 진실에 대해서 너무 집착하지 마십시오, 때로는 진실이 더 잔인한 법이니……."

치호는 셀렌이 마지막 말을 마치기도 전에 서둘러 발걸음을 옮겼다.

그렇게 빠른 속도로 사라진 치호의 방향으로 아련한 표정을 짓고 있던 셀렌의 모습이 점점 희미하게 변해가고 있었다.

셀렌은 점점 몸이 사라지고 있었지만 그런 것 따위는 중요하지 않다는 듯 무언가 알 수 없는 말을 중얼거렸다.

"결국… 이리되는구나. 흐름을 거스를 수는 없는 것인가. 달무르여, 어쩌면 그대의 말이 맞는 것일지도 모르겠구려. …대현자시여, 부디 흔들리지 마시길……."

셀렌의 사념체는 말을 끝내지 못하고 결국 아스라이 사라져 버렸다.

치호가 떠나고 혼자 남겨진 셀렌의 사념체마저도 사라지자 지식의 서고에는 치호와 쥬드의 전투 흔적만이 거칠게 남아 있을 뿐 다시금 고요한 적막이 찾아왔다.

*   *   *

지식의 서고를 나선 치호를 막아서는 존재는 단 하나도 없었다.

서고 안에서 대현자의 칭호가 주는 영향인지 아니면 쥬드가 이곳으로 들어오면서 함정이나 숨겨진 괴물들을 모조리 깨부수고 들어왔는지 알 수는 없었지만, 어쨌든 숲으로 향하는 길은 고요하기만 했다.

숲에 다시 들어가기 전까지는 어느 정도 안전이 보장된 것 같은 느낌이 들었기 때문에 치호는 마음을 편하게 먹고 이동하면서 인벤토리를 확인할 수 있었다.

셀렌과의 대화 때문에 아직 확인하지 못한 것들이 남아 있었기에 그것을 확인하며 티벨론으로 향할 생각이었다.

'전설 등급 무구와 스킬이라… 음?'

인벤토리와 메시지를 맞추어가며 확인하던 치호는 저도 모르게 가던 길을 멈추고 변화한 스킬을 읽어가기 시작했다.

치호가 발걸음까지 멈추며 시선을 빼앗긴 이유는 투사의 발걸음의 완성 때문이었다.

기존에 셀렌의 안목 스킬을 완성시키기 위해서 시험이니 증명이니 하는 까다로운 절차를 거쳤던 것에 비해서 투사의 발걸음은 그런 번거로운 과정 없이 바로 스킬이 완성되었다는 메시지가 떠 있었기 때문이다.

물론 투사의 발걸음을 완성하기 위해서 치렀던 쥬드와의 전투가 결코 쉽지만은 않았지만 치호로서는 이쪽이 더 마음에 들었다.

스킬의 주인이 투사였던 것답게 그 성격도 화통한 것인지 아니면 쥬드가 사용한 강신 스킬의 여파로 인해 쉽지 않은 기회를 잡아 강제로 스킬을 완성시킨 것인지는 정확히 알 수 없었다.

하지만 결과적으로 치호에게 득이 되는 일이니 깊이 파고들지는 않았다.

다만 메시지의 내용을 살펴보면 오리지널을 뛰어넘었다는 언급을 하고 있었기에 후자가 가능성이 높아 보였다.

〈투사의 발걸음(진) — 발동형〉

— 내용: 비달란의 투사 바르시가 전장에 나설 때 그의 발걸음 뒤에는 살아 있는 적들은 존재하지 않았으며 오로지 그의 족적만이 남았을 뿐이다. 그를 기리는 투사들의 염원이 닿아 등록된 스킬.

— 효과: 각력 +990%, 지속 시간 10초

— 추가 효과: 남겨진 발자국의 영역으로 대지를 태우는 불길을 생성합니다. 또한 속성 무기 착용 시 해당 속성이 불길과 섞여 강화됩니다.

— 소모 자원: 마력 3

— 숙련도: (10/10)

스킬 창을 띄우고 변화된 투사의 발걸음의 추가 효과를 읽어보았지만 치호는 딱히 무슨 의미인지 정확히 와 닿지가 않았다.

아직 새로 얻은 파멸의 조각을 제대로 사용해 본 적이 없기 때문에 속성 피해라는 것에 대해 정확히 감을 잡지 못했기 때문이었다.

치호는 스킬에 떠오른 내용을 파악하려 해도 도저히 감이 잡히지 않아 직접 스킬을 사용해 보기로 했다.

때마침 동굴에서 완전히 벗어나 청록의 숲이 눈에 들어왔기 때문에 한번 시험해 봐도 괜찮을 것 같아 보였다.

"투사의 발걸음."

치호는 스킬을 외치고 재빨리 숲 안쪽으로 달려 들어갔다. 지속 시간을 모두 사용할 때까지 숲 안쪽으로 무작정 내달릴 생각이었지만 변화된 스킬 때문에 이내 그 걸음을 멈추어 서서 뒤를 돌아봐야만 했다.

"허……."

치호가 자신의 스킬이 벌인 일을 보고 딱히 말을 잇지 못했다.

스킬을 사용해 지나쳐 온 곳에는 투사의 발걸음이 남긴 족적을 중심으로 검은 불길이 피어올라 그 주변을 천천히 잠식

해 나가고 있었다.

다만 일반적인 불길과 달리 자신의 검에 붙은 어둠 속성 때문인지 타오르는 것이 아니라 검은 불길이 닿는 영역의 생기를 천천히 빨아들이고 있었다.

검은 불길이 옮겨붙은 나무는 점점 생기를 빨려 마치 마른 장작처럼 바짝 말라가고 있었고 치호가 디뎠던 풀이 무성했던 대지는 사막처럼 비쩍 말라 거북이 등껍질처럼 쩍쩍 갈라지기 시작했다.

그런 광경을 본 치호는 스킬의 극적인 변화에 다소 놀랐으나 스킬의 지속 시간이 끝나자 그 검은 불길도 점차 세가 약해지더니 이내 사라졌다.

'앞으로의 전투에서는 뒤를 걱정하지 않아도 되겠군.'

이런 효과가 있다면 자신의 뒤에서 공격할 수 있는 녀석들은 손에 꼽을 테니 앞으로 생길 전투에서는 앞만 보고 싸워도 될 것 같았다.

기존의 투사의 발걸음에 비해 비약적으로 활용도가 높아진 것 같아 치호는 스킬의 변화가 마음에 들었다.

치호는 잠시 스킬의 위력을 감상하다가 다시금 인벤토리를 열고 획득한 물품을 꺼내었다.

〈토트샤의 깃털(소비) ― 3개〉

－ 효과: 기억하고 있는 테스트 필드 내 장소로 전송

－ 내용: 심부름꾼 토트샤의 허술함 덕에 의도치 않게 남겨진 그녀의 흔적을 사용하면 사용자가 기억하고 있는 장소로 전송됩니다. 단 필드간의 이동은 스스로 개척자의 이상의 격을 획득하기 전까지는 허락되지 않습니다.

⟨드레모의 나태한 강철 군화 － 전설 등급⟩

－ 방어력: 216

－ 전투 외에는 관심이 없던 에비안의 군단장 드레모는 걷는 것조차 귀찮은 나머지 전설의 장인 벨리안에게 특별히 의뢰하여 제작한 강철 군화. 드레모의 나태함을 걱정한 벨리안이 특별히 수리할 필요조차 없도록 튼튼하게 만든 것이 특징이다.

－ 특수 효과: 민첩 +216, 이동속도 +30%

－ 보조 효과: 가만히 서 있으면 체력과 마력 회복 속도가 100% 향상됩니다.

－ 내구도: 300/300

'필드간의 이동……?'

치호는 토트샤의 깃털의 아이템 설명을 보다가 소스라치듯 놀랐다.

분명 설명에는 테스트 필드간의 이동을 언급하고 있었다. 조건으로 개척자의 격을 갖춘 자라는 것이 있었지만 이미 치호는 스스로 개척자의 격을 얻어 두 번째 필드로 넘어왔기 때문에 그런 자격은 문제되지 않았다.

지금까지 스테이터스 상세 정보를 볼 때마다 개척자의 격은 표기만 되어 있고 딱히 다른 효과를 보지 못했는데 그것이 이런 식으로 쓰일 줄은 상상도 못했다.

지금이야 두 번째 필드일 뿐이고 첫 번째 필드에서 남겨둔 일 없이 모두 끝내고 넘어왔지만 앞으로도 그러리란 보장이 없다.

그런데 필드를 넘나들 수 있는 아이템을 획득한 것이다. 돈으로 살 수 없는 귀중한 아이템이란 생각이 들었다.

'쥬드 녀석… 놈들을 꽤나 괴롭혔던 모양이군. 이런 보상까지 내놓는 걸 보니.'

쥬드를 처리하고 완료한 퀘스트를 통해 얻은 물품이기 때문에 그런 생각이 들었다.

더욱이 달무르나 셀렌의 경우는 어째서 겨우 두 번째 필드에서 그 흔적을 발견할 수 있었는지 묘한 위화감을 느끼고 있었다.

그들이 가진 무력이나 현기에 비해 겨우 두 번째 필드에서 자신의 혼적을 남겨 후대를 기다린다는 것이 이해가 되지 않았었다.

하지만 이제는 이해할 수 있었다. 이 토트샤의 깃털이란 아이템이 그들에게도 있었다면 더 멀리 갔다가 나중에 다시 돌아왔을지도 모르는 일이었다.

그렇게 생각하니 위화감도 풀리고 어느 정도 의문이 해소되는 느낌이 들었다.

치호는 토트샤의 깃털을 조심히 인벤토리에 다시 넣었다. 나중에 아주 유용하게 쓰일 것 같은 예감이 들었기 때문이다.

다소 놀랐던 마음을 정리하고 나머지 메시지를 읽었을 때 새로 획득한 강철 군화의 효과 역시 마음에 쏙 들었다.

아이템의 이름이 좀 이상했지만 다소 부족했던 민첩 스테이터스 포인트를 강화시켜 줄 뿐만 아니라 내구성까지 튼튼하니 지금 딱 필요한 물품이었다.

아무래도 지금까지 신고 있었던 가벼운 가죽 부츠는 내구도가 한계에 달해 있는 데다 완성된 투사의 발걸음 스킬의 효과 때문에 내심 걱정을 하고 있었는데 시기적절하게 필요한 아이템이 나와주었다.

치호는 얼른 강철 군화를 착용했다. 군화를 착용할 때 급변하는 스테이터스 포인트가 불러들인 격통 때문에 잠시 곤란했지만 예상했던 고통이기에 잘 참아낼 수 있었다.

광인의 영역 선포의 부가 효과 덕에 다른 테스터라면 좀처럼 겪기 힘든 고통을 자주 느끼고 있었지만 그만큼 그 효과가 뛰어났으니 불평할 거리도 되지 못했다.

강철 군화를 착용하고 이리저리 움직여 본 결과 강철 군화라는 이름과는 다르게 생각보다 가볍고 움직이는데 전혀 불편함이 없었다.

전설의 장인 벨리안의 물품이라더니 갑옷과 더불어 역시 실력이 보통이 아닌 것 같았다.

치호는 연이어 나온 좋은 아이템에 기분이 좋아졌다. 이번에 얻은 물품들은 치호의 기대 이상으로 충족시켜 주었기에 마지막 남은 스킬 구슬 또한 자연스레 기대를 하게 되었다.

은은하게 황금빛을 내고 있는 스킬 구슬의 자태는 치호를 유혹하는 것처럼 느껴졌다.

처음으로 획득한 전설 등급 스킬 구슬이기에 더욱 기대하며 구슬에 손을 올렸다.

〈전설 스킬은 스킬 명을 제공하지 않습니다. 미확인된 스킬을 습득하시겠습니까? 한 번 익힌 스킬은 되돌릴 수 없습니다. 신중하게 생각하세요.〉

떠오른 메시지를 보고 치호는 좋지 않은 기억이 떠올라 몸을 움찔 떨었다.

지난번 히든 스킬이라고 해서 셀렌의 안목을 무작정 배웠다가 치호가 후회했던 것을 생각하니 선뜻 대답을 할 수가 없었다.

메시지를 눈앞에 띄워둔 채 한참을 고민하던 치호는 이내 생각을 굳혔는지 조용히 말했다.

"습득."

앞으로 더 많은 전투가 예상되기 때문에 더 강대한 무력을 갖출 필요가 있었다.

그러려면 스킬도 최대한 활용할 수 있을 만큼 활용을 해야 하기 때문에 혼자 스킬을 배우기가 꺼려진다고 멈춰 서 있을 수는 없다.

일반 스킬이었던 투사의 발걸음조차 완성된 그 위용은 어마어마했으니 전설 등급의 스킬이라면 말할 필요가 없을 것이다. 그렇게 스스로 마음을 다잡고 습득이라고 외치자 스킬에 대한 설명이 치호에게 떠오르기 시작했다.

〈율리아의 전투 함성 - 발동형〉

- 내용: 아카트의 용장 율리아가 전장에 나설 때 외치는 그 함

성은 아군 병력들을 마치 광전사라도 된 듯 용맹하게 변모시켜 기울어진 전장마저도 승리로 이끌어냈다. 단 한 번도 그가 수호하는 전선의 경계가 무너진 적이 없기에 아카트 최후의 방패 혹은 통곡의 수호자라고 불린 그의 위대한 업적을 기리고자 등록된 스킬.

— 효과: 아군의 공격력과 방어력을 100% 향상시키고 사기를 고양시킵니다.

— 소모 자원: 마력 100

— 숙련도: (0/10)

치호는 떠오른 스킬을 보고 고개를 갸웃했다. 딱히 자신에게 필요하지 않은 스킬인 것 같아 약간은 실망했다.

실질적으로 전투에 도움이 되는 스킬을 원했는데 다소 엉뚱한 스킬이 나왔기 때문이다.

'옛날 지구 같았으면 필요했을지 몰라도… 지금은 썩……'

치호가 무슨 단체를 이끄는 수장이거나 장군이었다면 더 이상 바랄 것이 없는 스킬임이 틀림없지만 그런 일과 거리가 먼 치호에게는 계륵 같은 스킬일 수밖에 없었다.

더군다나 소모 자원도 마력이 100씩이나 잡아먹는 스킬이기 때문에 전투 중 함부로 사용할 수도 없을 것이라 판단되었다.

전설 등급이라는 말에 기대한 것치고는 다소 실망스러운

스킬이었다.

계륵 같은 율리아의 전투 함성이라는 스킬에 대해 생각하다가 나중에 악몽들을 소환하여 시험해 봐야겠다고 생각했다.

하지만 악몽들은 어차피 치호의 힘을 끌어다 쓰는 존재들이기에 그다지 큰 효과가 있을 것이라 생각되진 않았다.

치호가 얼추 획득 물품에 대한 정리를 끝내고 본격적으로 티벨론을 향하자 얼마 지나지 않아 티벨론의 영역에 들어왔다.

지식의 서고로 처음 향할 때는 처음 와본 곳이라 수색을 하듯 움직여야 했지만 이번엔 그럴 것 없이 목표 티벨론만을 향해 빠르게 이동했기에 생각보다 빨리 도착할 수 있었다.

티벨론에서 어서 일을 마치고 다음 필드로 넘어갈 생각을 하자 마음이 급해져 망설일 것도 없이 중앙 신전을 향해 발걸음을 옮겼다.

세 번째 필드로 넘어가기 위한 최소한의 자격인 직업을 선택해야 하기 때문에 현자 카비아의 말대로 중앙 신전을 목표를 잡은 것이다.

신전으로 걸음을 옮기며 상점가 거리를 지날 때 사뭇 달라진 티벨론의 분위기가 치호의 피부를 찔렀다.

지난번 도시를 방문했을 때의 활기찬 모습은 온데간데없이 기묘한 긴장감이 티벨론을 휘감고 있는 듯한 느낌이 들었다.

치호는 그런 분위기를 애써 외면하며 무시하려 할 때 테스터들의 대화가 치호의 발목을 잡았다.

제4장
직업 선택

"기드, 우리도 여기 떠야 하는 것 아니야?"

"무슨 소린가 자네, 갑자기 떠나다니?"

"아니, 그 왜 있잖나. 원주민 놈들 말이야. 갑자기 이리로 몰려드는 걸 보니 심상치도 않고… 간간이 좋지 못한 소문도 들리는 것 같아서 말이야. 이러다 무슨 사달이라도 나는 게 아닌가 싶어서 말이지."

치호는 가만히 둘의 말을 듣다가 흘려들을 수 없는 부분이 나오자 가던 걸음을 멈추고 그들에게 다가가 물었다.

"이봐, 말 좀 묻지. 너희들 티벨론의 테스터들인가?"

"음? 그렇기는 한데… 누구……?"

치호가 말을 건 녀석은 기드라고 불린 이를 힐끗 보며 아는 사람이냐고 눈짓을 보냈다.

하지만 기드 역시 치호를 알 리가 만무하니 그저 어깨만 으쓱할 뿐이었다.

그런 두 테스터를 보며 치호는 조용히 한숨을 쉬며 인벤토리에서 1골드를 꺼내 그들이 앉아 있는 테이블 위에 가지런히 놓았다.

"티벨론에 온 지 얼마 되지 않았는데 궁금한 게 좀 있군. 대답을 좀 해줄 수 있나?"

두 테스터는 치호가 내놓은 1골드를 보고 얼굴에 웃음꽃이 피었다.

치호는 지난 전투를 겪으며 많은 돈을 벌어 수중에 200골드 가까운 돈이 쌓여 있었기 때문에 1골드 정도는 크게 아쉽지 않은 돈이었다.

하지만 두 번째 필드의 테스터들에게 1골드는 아직 큰돈이기에 그들은 자신들이 알고 있는 것은 무엇이라도 말해 줄 기세였다.

"뭐 누구인게 그렇게 중요한가? 같은 테스터인게 중요하지? 안 그런가, 기드?"

"암, 그렇고말고. 테스터들끼리 돕고 살아야지."

"나는 폴이고 이쪽은 기드. 뭐가 궁금해서 그런가? 내가 알고 있는 건 다 말해주지."

치호는 두 테스터가 질문에 대답해 줄 준비가 된 것 같아 방금 전 그들이 대화를 나누었던 원주민들에 대해서 물었다.

아무래도 뭔가 이상하게 돌아가는 것 같아 좋지 않은 예감이 들었다.

"아, 그것 때문에 그런 건가? 하긴 티벨론에 온 지 얼마 되지 않았다면 불안할 만도 하지."

"도대체 무슨 일이지? 내가 알기론 이곳 티벨론은 원주민들에게 우호적인 것으로 알고 있는데… 내가 잘못 아는 건가?"

"아니네, 아직도 우호적인 것은 마찬가지긴 한데……."

폴이라고 자신을 소개한 사내는 잠시 망설이는 듯하다가 테이블 위에 놓여진 1골드를 슬쩍 보고 말을 잇기 시작했다.

"후… 뭐라고 말해야 하나. 아직까지는 원주민들과 우호적인 건 맞지. 그래서 지난번에 제사장 베툴루가 원주민들을 받아달라고 했을 때도 티벨론의 테스터들은 흔쾌히 찬성을 했지. 그들이 원주민이긴 하지만 배울 것도 많고… 더군다나 이 기묘한 세상에서 처음 만난 같은 인간들인데 굳이 위험한 밖에서 지내게 할 필요가 없었으니까 말이야."

"그렇지. 나도 그렇게 들었는데 지금 분위기는 영……."

"그게… 이런 말 하긴 좀 그렇지만 말이야. 그들이 데리고

온 원주민들의 숫자가 너무 많아. 아직도 모여들고 있는 모양
인데 이렇게 가다가는 원주민들의 수가 티벨론의 테스터 숫자
를 넘어설지도 모를 일이거든."

폴의 말을 들어보니 대충 어떤 상황인지 치호는 감을 잡을
수 있었다.

치호가 원주민들에게 티벨론 근처에서 기다리라고 했던 말
이 화근이 된 것 같았다.

어차피 치호도 티벨론으로 이동할 생각이었고 티벨론의 분
위기를 파악해서 그들에게 말해주려면 가까이 있는 것이 좋
을 것 같아 근처에서 기다리고 했던 것뿐인데 원주민들은 좀
다르게 해석했는지 멀리 퍼져 있던 다른 부족들까지 모조리
끌어모으고 있는 것 같았다.

거기다 치호가 지식의 서고에서 겪은 예상치 못한 시험 때
문에 시간이 얼마나 흘렀는지 아직 감이 잡히지 않았는데 폴
이 말한 것처럼 무시할 수 없는 인원이 모였다면 생각보다 시
간이 많이 지체된 것처럼 느껴졌다.

치호가 나름대로 상황 파악을 하고 있을 때 폴은 계속해서
말을 이었다.

"그래서 이쪽에서도 말이 많아. 원주민들이 우리 티벨론을
노리는 게 아니냐는 여론도 있고 더 모이기 전에 먼저 쳐야
한다는 여론도 있고 말이지……. 아직까지는 조금 더 지켜보

자는 걸로 결론이 났지만 원주민들이 늘어나는 기세를 보면 그것도 얼마 못 갈 것 같긴 해."

"후우. 그래서 분위기가… 제사장 베툴루와 이야기는 해보았나? 그럼 오해가 풀릴 텐데?"

"이미 이야기도 해봤지. 그런데 말이야 이상한 소리만 계속해서 말이 통하질 않는다던데? 무슨 투신의 후인을 내놓으라나 어쩐다나……. 한데 자네, 제사장 베툴루를 알고 있는 걸 보니 뭔가 정보 좀 있나? 영 불안해서 살 수가 있어야지."

치호는 폴의 물음에도 답하지 않고 가만히 생각에 잠겼다. 폴의 말을 듣고 여러 가지 상황을 놓고 생각해 보니 일이 심각하게 돌아가고 있다는 것을 깨달았다.

아마도 티벨론으로 떠난 치호가 시간이 흘러도 아무런 소식이 없자 원주민들은 티벨론에서 치호를 숨기고 있거나 위해를 가했다고 생각하는 것 같았다.

그렇다면 제사장들이 지금 모으고 있는 원주민들은 치호의 생각처럼 단순히 말을 잘못 해석해 티벨론의 근처로 모여드는 것이 아니라 진정 전쟁을 위해 병력을 모으고 있을 지도 모른다는 생각이 들었다.

치호는 세 명의 제사장들을 머릿속으로 떠올리며 쓴웃음을 지었다.

전쟁을 불사할 정도로 자신을 생각해 주는 이가 있다 생각하니 어딘지 모르게 가슴 한구석이 저릿한 느낌이 들었다.

지금 이 순간만큼은 오랜 시간 묵혀왔던 치호의 응어리진 고독이 조금은 풀리는 것 같은 느낌이 들었지만 지금은 그런 기분이나 만끽할 때가 아니다.

까딱 잘못하면 자신을 그렇게나 생각하는 이들이 한 줌의 재로 변해 사라질 위기에 처해 있으니 한시라도 바삐 움직여 오해를 풀어야 할 것만 같았다.

"그럼 원주민들은 지금 어디에 있지?"

"원주민들? 그들은 남쪽 입구에서 하루 정도 거리에 있다고 들었지만……."

"고맙군, 이야기 잘 들었다."

치호는 폴의 말을 끝까지 들을 필요가 없어 테이블 위에 놓여진 1골드를 그대로 두고 재빨리 신전을 향해 달렸다.

원주민들에게 먼저 갈지 신전을 먼저 갈지 고민이 되었지만 어차피 신전에서 직업을 선택하는 일도 현자 카비아의 말에 따르면 별달리 시간을 빼앗기지 않을 것 같아 먼저 해결하고 가는 게 나을 것 같았다.

원주민들의 오해는 어차피 치호가 모습을 드러내면 해결될 일이니 직업을 해결하고 가도 늦지 않을 것 같았다.

그렇게 생각한 치호가 바삐 움직이자 어느새 치호의 눈앞에 신전의 모습이 들어오기 시작했다.

신전에 도착한 치호는 한치의 망설임도 없이 단숨에 신전의 계단을 올랐다.

신전의 계단 끝에 도달하자 처음 발보아에서 보았던 나체 여성의 석상이 이곳에서도 치호를 반기고 있었다.

신전은 발전된 모습을 보여주는 거점과는 달리 그다지 변하지 않은 모습이었다.

다만 차이점이 있다면 고개를 숙이고 기도하던 자세의 석상이 조금은 고개를 든 것 같다는 느낌만 받았을 뿐 별다른 것은 없었다.

그 석상의 옆에서 사제복을 곱게 차려입은 한 사람이 치호를 맞이하며 천천히 걸어 나왔다.

"안녕하십니까, 형제여. 여신님을 모시는 비탈이라고 합니다. 직업을 허락받기 위해 찾아오셨습니까?"

치호는 테스트 필드에 들어온 후로 사제복을 입고 있는 녀석을 처음 보았기 때문에 다소 생소하기도 하고 녀석이 말하는 허락이라는 단어가 거슬렸지만 지금 중요한 것은 그런 것이 아니기 때문에 얼른 대답했다.

"그래. 직업을 얻기 위해 왔다. 어떻게 하면 되지?"

"후후, 오늘 찾은 형제님께서는 표정을 보니 급한 일이 있는 것 같군요. 여신님의 말씀을 따르면 그럴수록 신중히……."

"방법."

비탈이란 녀석이 쓸데없이 설교나 늘어놓으려는 기색이 느껴져 치호는 단호하게 말했다.

여신님이고 나발이고 녀석과 놀아 줄 시간이 없기에 기세를 슬쩍 피워내며 단호하게 말했다.

그러자 녀석도 두 번째 필드에 공갈로 올라온 녀석은 아니었는지 그 기세를 느끼며 헛기침을 하더니 말을 이었다.

"흠흠. 그… 그럼 방법을 알려드리겠습니다. 그럼 원하시는 직업은 생각하고 오셨겠지요? 생각하신 바가 없다면 여신님을 섬기는 것도……."

"생각해 둔 바가 있다."

"좀 더 신중하게 생각해보는 것은 어떤지요. 여신님의 자비와 은총 아래 함께 여신님을 섬기면… 흠흠. 알겠습니다."

비탈은 지칠 줄도 모르고 틈만 나면 치호에게 여신님에 대해서 설명하고 그 위대함을 설파해 함께 여신님을 섬기자는 뉘앙스를 풍겼으나 치호는 녀석이 그런 눈치를 보일 때마다 거친 기세를 피워 올려 녀석의 입을 막았다.

테스트 필드에서 종교란 것을 처음 접했기에 바쁘지만 않았더라면 녀석과 좀 더 이야기를 나누어 볼 용의는 있었지만 상황이 상황인지라 그럴 수가 없었다.

다만 비탈이 치호의 기세를 느끼면서도 그런 말을 할 용기를 내는 것을 보면 언제나 그렇듯 종교의 힘은 대단한 것 같았다.

치호가 녀석을 보며 생각을 정리할 때 비탈은 방법을 설명하기 시작했다.

"첫 번째 신전에서 심부름 퀘스트를 해보셨습니까?"

"그래, 고생 좀 했지."

"그럼 설명하기 편하겠군요. 그때와 마찬가지로 제가 말하는 대사를 따라하시면 됩니다. 별로 어렵지 않으니 똑같이 따라하셔야 합니다."

치호는 발보아 신전의 기억을 떠올리며 잊고 싶은 기억이 떠올라 다소 불안했지만 설마 두 번째 필드에서까지 그런 식으로 일이 진행될 리가 없다고 생각했다.

하지만 치호의 생각은 비탈이 하는 대사를 듣고 여지없이 무너져 내렸다.

"'에휴, 먹고살기 참 힘드네요. 여신님, (직업)은 어때요? 이제 이 (직업)으로 먹고 살려구요!' 라고 말하시면 됩니다. 제가 직업이라고 한 것 대신 형제님이 원하시는 직업의 이름을 넣어 똑같이 말하시면 됩니다. 최대한 제가 했던 것과 똑같이 말하시는 편이 직업을 획득하는데 높은 성공률을 보이니 감정을 살려 대사를 하시는 것이 좋습니다."

치호는 망연히 녀석을 바라보고 있었고 비탈은 치호의 마음을 안다는 듯이 계속해서 말을 이었다.

"흠흠… 형제님의 마음은 이해합니다만……. 처음 발견한 사람이 이런 대사로 발견한 걸 어쩝니까. 저는 잠시 자리를 피해 드리겠습니다. 만약 여신님의 석상에서 눈물이 흐른다면 해당 직업에 자질이나 능력이 없는 것이니 포기하시고 다른 직업을 찾아 1주일 후 다시 찾아오시면 됩니다."

비탈이 하는 말에 치호는 다시금 정신을 똑바로 잡고 물었다.

"실패하는 경우도 있나?"

"예, 많은 형제자매들께서 실패하시곤 합니다. 한번 실패하면 1주일을 공으로 날리는 것이니 신중하게 선택하셔서 단번에 성공하시길 빌겠습니다. 여신님을 섬기는 것은 언제나 성공이니 염두에 두어… 흠흠, 여신의 가호가 있기를."

비탈은 끝까지 포기하지 않고 여신을 섬기는 것을 제안했으나 치호는 다시금 기세를 피어올려 비탈을 좇아냈다.

여신의 석상 앞에 혼자 남은 치호는 비탈이 말한 대사를 하기 여간 껄끄러운 게 아니었으나 단번에 끝내겠다는 마음으로 대사를 읊기 시작했다.

"에휴, 먹고살기 참 힘드네요. 여신님, 진실의 탐구자는 어때요? 이제 이 진실의 탐구자로 먹고 살려구요!"

치호는 대사를 끝내고 나서 얼굴이 화끈 달아오르는 것 같았다.

다음부터는 최대한 신전을 멀리 해야겠다는 생각이 들었지만 일단 직업을 얻는 것이 중요했기에 어쩔 수 없었다.

이제 어처구니없는 대사를 석상 앞에서 말하는 힘든 관문도 지났고 직업에 대한 자질이야 치호의 경험을 보면 부족할 리가 없을뿐더러 테스트 필드에 와서는 대현자의 칭호까지 받았으니 직업에 관련된 메시지나 관련된 무언가가 떠오르기만 기다리면 될 것 같았다.

하지만 그런 기대와는 달리 치호의 눈에 들어온 것은 여신의 석상에서 눈물이 한 방울 떨어지는 모습이었다.

치호는 지금 벌어지고 있는 상황에 어이가 없었다. 자신이 어떤 직업을 선택함에 있어서 실패할 것이라고는 단 한 번도 생각을 해본 적 없기에 여신의 석상에서 흐르고 있는 눈물이 실패를 의미하는 것이 맞는지 의심이 들 정도였다.

하지만 아무런 메시지가 떠오르지 않는 것을 보아 진정 실패한 것 같았다.

지난번 현자 카비아도 어떤 직업을 선택해도 상관없을 것이라 했는데 막상 이렇게 실패의 신호가 나오니 황당하기 짝이 없었다.

치호가 멍한 표정으로 한동안 서 있자 그런 치호의 곁으로 비탈이 슬며시 다가와 말했다.

"아쉽습니다, 형제님. 너무 실망 마시고 다음 기회를 노려보는 것이 좋을 것 같군요. 아무래도 이번에 선택하신 직업은 형제님과는 연이 없는 것 같습니다."

비탈은 치호의 곁에 다가왔을 때 심상치 않은 기운을 느꼈는지 여신님을 섬기라는 등의 쓸데없는 소리는 하지 않고 조용히 치호를 위로해 주려고 했다.

하지만 그런 비탈과는 관계없이 치호는 머릿속으로 맹렬히 실패한 이유에 대해서 생각하고 있었기에 비탈이 뭐라고 하든 그 목소리가 치호의 귀에 들리지 않았다.

'진실의 탐구자… 설마.'

아무리 생각해도 직업 선택이 실패할 요소가 없었다. 그렇다면 진실의 탐구자란 직업 자체가 문제가 있는지도 몰랐다.

사실 치호가 이름도 기묘한 진실의 탐구자란 직업을 선택한 이유는 별것 없다.

얼마 전 지식의 수정에서 얻은 올브람의 저서 내용 중 직업에 관해 간단히 언급되어 있었기에 그것을 선택한 것뿐이었다.

그 직업을 가지고 있지 않으면 추후 목적지에 도착했을 때 자격이 어쩌니 하면서 변수가 생길지 몰라 미리 염두에 둔 것이다.

그런데 그런 치호의 선택이 잘못되었는지 직업 선택부터 이렇게 암초를 만났다.

가벼운 마음으로 선택한 것치고는 다소 예상치 못한 결과가 나왔지만 치호는 이것을 심각하게 받아들였다.

'…반드시 얻어야겠어. 진실의 탐구자.'

직업에 관해 한참을 생각하던 치호는 반드시 이 직업을 획득해야 한다는 강렬한 예감이 들었다.

비록 처음에는 가벼운 마음으로 선택한 직업이었지만 이런 결과가 나오자 더 이상 진실의 탐구자란 직업은 가볍게 다가오지 않았다.

다소 과한 생각일지 모르지만 감시자에 대해 생각하고 그에 관련된 자료를 찾아 직업을 선택했더니 자격은 충분함에도 불구하고 보기 좋게 거부당했다.

그렇다면 이것은 가벼이 넘어가선 안 될 문제라고 생각했기에 치호는 해당 직업을 반드시 획득해야겠다는 생각이 들었다.

게다가 그런 이유가 아니라도 이건 치호의 자존심이 걸린 문제이기도 했다.

자신이 고작 직업 따위를 선택하는데 그 자질을 의심받는다는 것 자체를 용납할 수 없었다.

치호는 생각이 어느 정도 정리되자 곁에서 안절부절못하고 있는 비탈이 눈에 들어왔기에 그에게 물었다.

"비탈, 한 가지 묻고 싶은 게 있다."

"말씀하십시오, 형제님. 제가 알고 있는 것이라면 성심껏 답해 드리겠습니다."

"한번 실패한 직업은 영원히 얻을 수 없는 것인가?"

치호는 혹시나 하는 마음에 비탈에게 물었지만 비탈은 마치 그런 질문이 나올 줄 알았다는 듯 푸근한 미소를 지으며 치호에게 말했다.

"형제님, 그것에 관해 물으실 줄 알았습니다. 직업 선택에 실패한 많은 형제자매님들께서 궁금해 하시는 부분이지요. 일단 물음에 대한 답부터 말씀드리자면 가능은 합니다. 원론적으로는 말이지요."

비탈의 대답을 듣고 치호가 눈빛을 빛내며 집중하기 시작했다.

역시 모종의 방법이 있는 모양이었다. 녀석은 말하는 뉘앙스에서 힘든 일이라는 것을 암시했지만 치호가 그런 것 따위 관계없다는 듯 비탈에게 재촉하는 눈빛을 보내자 녀석이 말을 이었다.

"여신님의 결정을 번복하기란 쉽지 않은 일입니다. 하지만 방법이 전혀 없는 것은 아닙니다. 여신님도 무시하기 어려운 업적을 달성하면 됩니다."

"무시하기 어려운 업적이란 뭐지?"

"아까도 말씀드렸든 원론적인 대답입니다만 현 테스트 필드의 지배자를 처단하시면 됩니다."

"필드의 지배자?"

치호는 난데없이 나타난 필드의 지배자란 이야기에 관심이 쏠렸다.

이미 첫 번째 필드에서 지배자를 처치했던 경험이 있기에 비탈의 말을 흘려들을 수가 없었다.

"예. 형제님께서는 모르실 테지만 필드의 지배자를 처단하면 통로를 새롭게 개척할 수 있는 권한이 부여되지요. 그렇다면 직업이 없는 자가 필드의 지배자를 처단하면 어떤 일이 벌어질까요?"

"무슨 일이 벌어지긴 그냥 다음 필드로 향하겠지."

"맞습니다. 바로 그 점입니다. 어찌 보면 맹점이라고 할 수도 있는 부분이지요. 직업이 없는 자가 세 번째 필드로 진입하게 되면 다른 테스터들에게 자격의 증명을 요구한 것이 의미를 상실해 시스템의 메시지나 여타의 것들이 신뢰성을 잃게 됩니다. 그것을 방지하기 위해서 여신님도 어쩔 수 없이 그들이 원하는 직업을 내어줄 수밖에 없는 상황이 되는 것입니다."

치호는 비탈의 말을 듣고 즉시 이해가 되었다. 즉 필드의 지배자를 처단해 통로 개척의 권한을 받아 직업을 요구하면

두 개의 상충 조건 때문에 어쩔 수 없이 테스터가 원하는 직업을 내어줄 수밖에 없다는 뜻이다.

그 말을 듣고서 치호는 비릿한 미소를 띠며 비탈에게 물었다.

"그럼 현 필드의 지배자는 어디에 있지?"

"글쎄요……. 제가 말씀드린 것은 원론적인 이야기일 뿐입니다. 실제로 이런 짓을 하는 바보는 없죠. 있다고 해도 말려야 합니다. 소중한 목숨을 직업 하나 바꾸겠다고 내버리는 것 보다 그냥 직업만 다른 걸 선택하면 되는데 굳이 위험을 감수할 필요는 없을 테니까요. 그러니 형제님도……."

"아무튼 고맙다. 도움이 많이 되는군. 그럼 먼저 가보지."

치호는 녀석이 필드의 지배자에 대한 단서를 가지고 있는 것 같지는 않아 얼른 발걸음을 돌렸다.

여기서 녀석과 실랑이할 시간은 없다. 방법은 알았으니 나중에 다시 오면 될 것이다.

돌아올 때는 통로 개척 권한을 지니고서 말이다. 돌아서는 치호의 뒷모습을 보며 비탈은 큰 소리로 여신님을 섬기는 문은 언제나 열려 있으니 방문하라고 외쳤으나 치호는 들은 척도 안 하고 부지런히 발을 놀릴 뿐이었다.

"후우, 슬슬 흔적이 보일 때가 됐는데 대체 어디에 있는 거지?"

치호는 신전에서 일을 마친 후 티벨론의 남문으로 빠져나와 원주민들이 주둔하고 있는 곳을 향해 빠르게 이동했다.

원주민들을 만나서 오해를 풀어야 하기에 티벨론에서 휴식도 취하지 않고 그대로 이동했다.

하지만 폴의 말과 달리 이미 원주민이 나와도 벌써 나왔어야 했으나 그 흔적조차 찾기 힘들었다.

치호가 폴의 말에 의심을 품기 시작할 무렵 광인의 영역 선포의 효과가 발동하기 시작했다.

[시전자의 기량에 미치지 않는 91개체가 감지되었습니다. 제거 대상으로 등록하시겠습니까?]

메시지가 떠올랐지만 일단 결정을 유보했다. 지금 감지되는 녀석들이 원주민들일지도 몰랐기에 함부로 등록할 수는 없었다.

치호는 걸음을 멈추고 녀석들이 모습을 드러낼 때까지 천천히 기다렸다.

치호가 행동을 멈추고 무언가를 기다리는 듯한 기색을 내보이자 치호에게 기척을 숨기고 다가오던 이들은 더 이상 숨길 필요도 없다는 듯 속도를 내어 빠른 속도로 다가왔다.

찰나의 시간이 지나고 수풀 속에서 한 사람씩 그 모습을 드러내기 시작했다.

그들의 복장이나 들고 있는 장비들을 보았을 때 치호의 예상대로 원주민들이 틀림없는 것 같았다.

다만 지금까지 만나왔던 원주민들과는 다르게 온몸에 붉은 물감을 칠하고 있었고 얼굴에는 야차와 같은 흉악한 화장을 하고서 나타났다.

그런 그들의 기세는 지켜보는 것만으로도 피부가 따가워지는 것 같은 느낌이 들게 만들었다.

자히드가 하고 있었던 악몽의 문신과는 다른 느낌을 주는 모습을 하고 나타난 원주민들이었다.

그들 중 가장 실력이 있어 보이는 자가 치호 앞에 나서며 외쳤다.

"이 간악한 테스터 놈. 우리의 영역을 침범한 이유는 무엇이냐, 우리의 경고를 무시한 것이냐!"

"경고?"

"모르는 척 마라. 우리는 분명히 이야기했다. 투신의 후인을 돌려주지 않으면 우리가 멸족할지라도 너희 테스터들을 처단할 것이라고. 이것이 너희 테스터의 대답인가?"

녀석들의 태도를 보니 생각보다 더 일이 꼬여 있는 듯싶었지만 이제 그들 앞에 자신이 나타났으니 그런 오해는 곧 풀릴 것이다.

"그것 때문에 왔다. 내가 바로 너희가 찾는 투신 바르시의 후인이다. 제사장들은 어디 있나. 내가 직접 그들과 이야기하겠다."

치호가 제사장들을 찾으며 그들에게 한 발짝 다가서려 했을 때 그들은 전투태세를 풀지 않고 오히려 노기를 토해내며 치호에게 말했다.

"네 녀석… 투신의 이름까지 팔아 우리를 기만하려고 들다니. 투신의 이름을 팔고 후인을 사칭한 그 죄, 용서받지 못할 것이다."

치호가 투신의 후인을 자처하자 그 순간부터 녀석들이 침착하게 변했다.

오히려 노기를 토해내던 방금 전보다 침착하게 변해 정제된 살기가 뿜어내는 그들이 더욱 더 위협적으로 느껴졌다.

이럴 때 바르시의 펜던트가 있었다면 단번에 오해를 풀 수도 있겠지만 이미 사용해 버린 물품을 이제 와 찾아봐야 아쉬움만 더할 뿐이다.

자신의 인상착의조차 말하지 않은 장로들에게 원망이 생겼지만 필드에서 경험했던 원주민들과는 다소 다른 양식의 복장을 하고 있는 걸로 보아 먼 곳에서 온 부족들인 것 같았다.

아마도 너무 많은 인원이 몰려들다 보니 지휘 체계에서 혼선이 생긴 것 같았다.

일이야 어찌 되었건 그 원주민들은 점점 치호와 거리를 좁히고 당장이라도 달려들 틈만 노리고 있었다.

그들을 보던 치호는 나지막하게 한숨을 내쉬고 악몽을 불러들였다.

"13인의 악몽."

치호가 악몽을 불러들임과 동시에 치호의 등 뒤에 시립한 녀석들은 치호의 명령만 기다리는 듯했다.

"제압해라."

원주민들을 죽일 필요는 없기에 제압하라는 명령을 내렸고 그 명이 떨어지자마자 악몽들은 검은 빛살처럼 튀어나가 원주민들을 순식간에 제압하기 시작했다.

역시 악몽들의 위용은 다시 봐도 뛰어났다. 일전에 쥬드와의 전투에서는 상성이 너무 좋지 않았을 뿐이었다는 것을 증명이라도 하듯 악몽들은 순식간에 그들을 제압해 나갔다.

단 13인의 악몽을 소환한 것뿐이지만 91명의 원주민들은 반항 한 번 제대로 못 해본 채 순식간에 제압되어 가기 시작했다.

그들은 갑자기 나타나 자신들과 비슷한 원주민 복색을 하고 있는 그들을 향해 어찌 대처해야 할지 갈팡질팡하는 모습을 보였다.

그리고 결국 악몽들의 무자비한 손아귀를 벗어나지 못하고 제압되어 한곳으로 모였다.

원주민들이 제압되는 사이 치호는 투사의 발걸음을 발동시켰다.

"투사의 발걸음."

치호는 투사의 발걸음을 발동시켜 그들이 제압되어 뭉쳐 있는 곳을 중심으로 원을 그리듯 한 바퀴 돌아 제자리로 돌아왔다.

그러자 그들 주변으로 검은 불길이 치솟아 아무도 도망갈 수 없는 검은 불꽃의 감옥이 만들어졌다.

난생처음 보는 검은 불길은 원주민들에게는 공포로 다가왔지만 치호에게는 오히려 비켜주듯 갈라지며 길을 내주었다.

불길을 가르고 한 걸음 한 걸음 내디뎌 그들 앞에 나선 치호의 뒤로 13인의 악몽이 돌아와 시립해 있었다.

그리고 마침내 그들 앞에 섰을 때 원주민들의 눈에 비친 그 위용은 전설로만 들었던 투신 그 이상이었다.

그 모습을 본 원주민들은 처음 보았을 때의 적개심 따위는 어디로 날려 버렸는지 연신 투신의 재림이라는 말을 중얼거리면서 눈물을 흘리며 울부짖는 자도 있었다.

그런 그들을 향해 치호는 한껏 위엄 넘치는 목소리로 말했다.

"꿇어라."

제5장
막사 회의

원주민들은 비록 난생처음 겪는 테스터의 명령이었지만 치호의 목소리에 서려 있는 위엄 때문인지 치호의 기술을 알아본 것인지는 몰라도 불평 하나 없이 모두 자세를 고쳐 잡아 정중하게 무릎을 꿇었다.

그러고는 처음에 치호 앞에 나섰던 원주민이 고개를 들며 치호에게 말했다.

"투… 투신의 후인을 뵙습니다. 후인을 알아보지 못한 미천한 저희를 용서해 주십시오."

치호의 투사의 발걸음이 다소 변했음에도 불구하고 그들은 그 기술을 알아본 것 같았다.

어쩌면 지금 치호가 발현한 투사의 발걸음이 그들의 구전으로 전해져 내려오는 기술의 원형에 가까울 지도 몰랐다. 불꽃의 색이 검다는 것만 빼면 말이다.

그런 원주민들에게 치호가 말했다.

"제사장들에게로 안내해라. 그들을 만나야겠다."

다행스럽게도 원주민들은 치호의 말에 순순히 따르는 것 같았다.

만약 그들이 치호를 따르지 않았다면 변형된 스킬의 첫 희생자가 되는 것은 그들이 되었을 것이다.

원주민들은 치호의 명령을 단순히 이행하는 것을 넘어 호위하듯 감싸며 제사장에게로 인도했다.

그들 중 후미를 경계하며 따라오던 원주민 하나가 방금 전까지 치호와 함께 있었던 곳을 돌아봤을 때 투사의 발걸음 효과로 나타난 검은 불길이 점점 사그라지고 있었다.

하지만 불길이 가신 자리는 사막과 같이 황폐해진 상흔이 남아 있었고 그것을 본 원주민은 말없이 침을 한번 꿀꺽 삼키며 멍하니 바라보다 일행과 점점 멀어지는 걸 깨닫고 다급히 그들과 합류하기 위해 빠른 발을 놀렸다.

그런 그의 얼굴에는 차가운 땀방울이 송골송골 맺혀 있었다.

＊　　　　＊　　　　＊

　"후인이시여, 도착했습니다. 이곳이 바로 저희들이 주둔하고 있는 장소입니다."

　원주민들이 인도한 장소에 도착하여 본 모습은 티벨론에서 만났던 테스터 폴의 말처럼 그 규모가 대단했다.

　과연 테스터들이 긴장할 만한 정도의 숫자였다. 한편으로는 저렇게 많은 원주민들이 어째서 지금까지 흩어져 살았나 하는 생각도 들었지만 지금은 제사장을 먼저 만나는 것이 중요했다.

　일단은 오해부터 풀어야 할 테니 말이다.

　그런 치호의 눈에 저 멀리 맨발로 뛰어오는 세 명의 제사장들이 눈에 보였다.

　그 뒤로는 자히드도 따라오는 듯 보였다. 치호를 인도한 원주민들 중 하나가 먼저 그들에게 치호의 귀환 사실을 알린 것 같았다.

　"후인이시여! 정녕 괜찮으신 겁니까?"

　치호 앞에 달려온 세 명의 제사장은 눈빛이 촉촉한 것이 금방 눈물 흘릴 것 같은 표정이었고 그 뒤로 따라온 자히드는 그 모습을 보며 작은 미소를 띠며 말했다.

"제사장들이여, 내 말하지 않았나. 후인이 그렇게 쉽게 당할 리 없다고. 후인이여, 난 그대를 지금껏 믿고 있었다. 하하하."

자히드 역시도 치호가 돌아온 것이 여간 기쁜 것인지 잘 웃지도 않는 녀석이 소리 내어 웃었다. 그런 녀석들을 보며 치호가 말했다.

"늦지는 않은 것 같군. 대체 내가 떠난 후 시간이 얼마나 지난거지?"

"한 달하고도 보름이 넘었다, 후인이여."

"그렇게나 오래되었나?"

치호는 자히드가 하는 말에 다소 놀랐다. 지식의 서고 안에서 쥬드와의 전투를 치룬 여파 때문에 정신을 잃고 있던 시간이 그렇게나 오래된 것인지 셸렌의 공간 속에서 공포와 마주해 싸웠던 시간이 길었던 건지 확실치는 않으나 생각 이상으로 많은 시간이 지난 것 같았다.

그렇게나 시간이 오래 지체되었을 것이라고는 생각지도 못했는데, 이 정도 시간이라면 그들이 원주민들을 끌어모을 만한 시간이었다.

"그랬군. 내가 괜한 일을 만든 것 같군."

"후인이여, 그대에게는 그럴 만한 가치가 있다. 괘념치 않아도 된다. 오히려 그대를 그렇게 어이없게 잃었다면 우리는 후인을 지키지 못했다는 불명예를 얻었을 것이다. 비달란도 지키지 못한 우리가 후인조차 지키지 못한다면 우리의 존재의 의미가 없다."

자히드는 그렇게 단호히 말하고는 푸근한 미소를 지으며 한 발 뒤로 물러섰다.

아무래도 제사장들도 어서 치호와 이야기하고 싶어 안달이 난 것 같아 그들이 주는 눈치를 견디지 못한 것 같았다.

지히드가 물러서자 기다렸다는 듯이 처음에 비달란을 되찾아 달라고 말했던 발론이 나서서 치호에게 물었다.

"후인이시여, 정말 괜찮으신 겁니까?"

"그래, 난 괜찮다. 이렇게 많은 수의 원주민들이라니… 정말 테스터들과 전쟁이라도 할 셈이었나?"

"물론입니다. 후인이시여, 후인을 해한 자들 앞에서 물러설 투사는 없습니다. 만약 그랬다면 그것은 저희들의 수치가 될 것입니다."

발론은 처음부터 다소 과격했기 때문에 그러려니 하고 이해했지만 티벨론을 소개했던 베틀루까지 이 일에 동참했다는 것이 신기해 그에게 물었다.

"베틀루, 그대도 같은 생각인가?"

"허허, 물론입니다. 저희가 테스터들과 함께 생활하려는 것은 맞지만 그들의 노예가 될 생각은 없습니다. 동등한 입장에서 서로 상생하자는 것이 제 생각이지, 후인까지 빼앗겨 가며 그들과 함께할 생각은 없습니다. 때로는 물러설 수 없을 때도 있는 법이지요."

"후⋯ 그랬군. 아무튼 내가 돌아왔으니 다행히 무용한 피가 흐르지는 않겠어."

그렇게 말한 베툴루 뒤로 아사단 또한 고개를 끄덕이고 있었다.

제사장들과 치호가 떨어진 한 달 정도의 시간은 사실 짧게 느껴질 수도 있었지만 제사장들의 태도는 마치 잃었던 오래된 연인을 다시 되찾은 것처럼 행동했다.

그러면서 치호를 그들의 막사로 안내했고 그 안에는 못 보던 얼굴 여럿이 치호를 기다리고 있었다.

그들과 대충 인사를 나눈 후 치호가 제사장들에게 물었다.

"그래, 이제 앞으로 어떻게 할 생각이지? 아무래도 거점 티벨론에 입성하긴 틀린 것 같은데."

하지만 그들 중 치호의 물음에 시원하게 대답하는 이들은 없었다.

지금까지는 치호를 되찾기 위해 혹은 복수하기 위해 앞뒤 재지 않고 부족 최후의 전쟁을 준비한 것이었는데, 치호가 등장해 싱겁게 일이 마무리 되자 그들도 어찌해야 할 바를 모르는 것 같았다.

그때 발론이 조심스럽게 치호에게 나서며 말했다.

"이렇게 부족이 모이기도 쉽지 않은 일… 이번 기회에 차라리 비달란을 되찾는 것은 어떠신지요."

"비달란?"

발론은 아직도 거점 비달란에 대해서 미련을 버리지 못했는지 다시금 그 이야기를 꺼내들었다.

비달란 이야기가 나오자 막사 안에 모인 이들 중 몇몇이 눈빛을 빛내며 치호를 간절히 바라봤지만 치호는 단호하게 말했다.

"지난번과 같은 이유로 불가."

"하… 하나 지금은 저희 측 병력도 충분합니다. 모든 부족에 투신의 후인의 존재를 알리자 그들이 자진해서 병력을 내놓고 있습니다. 이번 기회를 놓친다면……."

"불가. 너희들은 계속해서 이 필드에 살아가야 할 텐데, 끝나지 않는 전쟁을 시작할 수는 없다. 잠시 비달란을 수복할 수는 있겠지만 결국 끝없이 충원되는 테스터들을 막아내지 못해 다시 빼앗길 것은 자명한 일. 그때는 이 필드에 너희 부족들이 설 자리는 없어질 것이다."

"하… 하지만 후인께서 저희와 함께하신다면 그 사이에 저희도 힘을 기를 수……."

"그만. 난 이곳에 오래 머무를 생각이 없다. 곧 떠나야 하겠지. 나한테 기댈 생각은 하지 마라."

치호가 아주 단호하게 말하자 발론도 한 발 물러설 수밖에 없었다.

지금껏 원주민들이 흩어져 살며 다시 한 번 비달란을 수복하기 위한 전쟁을 시작하지 않은 이유가 바로 그것이었기 때문에 딱히 치호에 의견에 반박할 수 없었다.

하지만 발론의 표정은 아직 포기하지 않은 것만 같았다.

두 사람의 대화에 막사 안에는 다시금 차가운 침묵이 찾아왔고 잠시 고민하던 치호는 차가운 침묵을 깨며 막사 안에 모인 각 대표들에게 선언하듯 말했다.

"테스트 필드의 지배자를 처단하겠다."

치호의 그 말이 떨어지자 앞으로 나아가야 할 바를 제대로 찾지 못해 냉랭한 분위기였던 막사는 순식간에 열풍이 몰아닥치는 듯한 착각이 들 정도로 기이한 열기가 느껴졌다.

"정… 정녕 그 말이 진심이십니까? 후인이시여."

치호가 던진 한마디에 막사 안은 시장 바닥이 된 듯 저들끼리 떠들어대며 치호에게 연신 물음을 던졌고 치호는 그들에게 다시 한 번 말했다.

"지배자를 처단하고 거기서 얻은 권한으로 너희들에게 거점을 새롭게 지정해 주지."

치호는 첫 번째 필드의 지배자 키테그람의 어미를 처리하며 얻은 경험으로 통로를 개통하면 그곳이 새로운 거점으로 인정

된다는 것을 이미 알고 있었기에 그들에게 자신의 계획을 말한 것이다.

새로운 거점으로 등록하려면 자신의 업적을 모든 테스터들에게 공개해야 한다는 점이 마음에 걸리긴 했지만 이들에게는 지금 이 방법밖에는 없는 것 같았다.

게다가 치호는 원주민들에게 지식의 서고를 관리하게 할 생각을 가지고 있었다.

그렇기 때문에 지식의 서고 근처에 거점을 등록해 원주민들에게 마음의 짐을 지워두면 서고를 충실하게 관리할 것이고 그나마 우호적인 거점 티벨론과도 가까워 치호가 이곳을 떠난 후에도 테스터들과 상생하며 충돌하지 않고 지낼 수 있을 것이라 판단되었다.

다만 현재는 자신 때문에 격하게 반응한 원주민들의 태도에 티벨론과의 관계가 경직되어 있지만 원주민들에게도 거점이 생기면 이러한 관계는 곧 해소될 것이었다.

즉, 지배자만 처리할 수 있다면, 지금 가지고 있는 여러 문제의 안건들을 동시에 해결할 수 있는 가장 좋은 해결책이 될 것임은 틀림없다. 단 지배자를 처단할 수만 있다면 말이다.

"진정 투신의 후인이십니다. 용맹한 발걸음으로 비달란을 개척했던 그 행보까지 투신 바르시를 닮아 새로운 전설을 써 내려가시니, 아아… 저희를 이끌어주소서! 후인이시여!"

막사 안에 모인 제사장들을 포함한 각 대표단들이 하나둘 치호의 앞에 무릎을 꿇기 시작했다.

그런 모습을 보며 치호는 고개를 절레절레 흔들며 이마를 짚었다.

그놈의 후인, 후인 하는 소리가 질리지도 않는지 연신 후인을 외치며 눈물을 글썽이는 원주민도 보이기 시작하자 다소 난감했던 것이다.

"그만. 그런 소리는 그만하고 이 필드의 지배자에 대해 아는 바가 있나? 내가 이 필드에서 알고 있는 거점만 해도 3곳이나 되는데 지배자들이 모두 처단된 것은 아니겠지?"

치호가 묻자 막사 안은 다시금 시장 바닥이 된 듯 저들끼리 떠드는 소리가 들렸다.

하지만 희망에 찬 분위기는 이전과는 또 다른 느낌을 자아냈다. 더군다나 막사 안에 모인 이들은 테스트 필드 곳곳에서 몰려온 이들이라 그런지 저들마다 가지고 있는 정보가 달랐다.

겹치는 정보도 있었지만 그들이 가지고 있는 다양한 정보를 한 곳으로 취합하면 꽤 신빙성 있는 정보가 될 것 같았다.

만약 그래도 정보가 부족하면 최후의 수단으로 지식의 수정을 사용해 볼 요량이었기에 치호는 마음 편히 원주민들의 정보가 취합되기만을 기다렸다.

하지만 그들 가운데 제사장 아사단만이 심각한 표정으로 치호에게 천천히 다가와 말을 건넸다.

"후인이시여, 그 결정⋯ 재고해 주십시오."

제사장 아사단은 다른 두 제사장과는 다르게 처음 만났을 때부터 아사단 스스로의 생각보다 치호의 결정이라면 무엇이든 따르겠다는 듯 말을 아껴왔던 인물이었다.

지금껏 묵묵히 치호의 결정에 따르던 아사단이 지배자를 처단하겠다는 말에 생각 외로 반대하자 무언가 이유가 있을 것이라는 생각이 들어 그에게 물었다.

"아사단, 의외로군. 왜지?"

치호가 아사단에게 묻자 아사단은 주저하는 듯하더니 한숨을 크게 내쉬고 이내 결심한 듯 무거운 입을 떼기 시작했다.

"후⋯ 제 말을 곡해하지 않으셨으면 좋겠습니다. 지금의 지배자는⋯ 유례없이 강대하고 너무나도 영악합니다."

지배자가 강할 것이란 사실은 굳이 말하지 않아도 예상할 수 있는 것인데 그것을 가지고 반대를 하는 아사단의 다소 어이없는 말을 이해할 수 없었다.

치호의 그런 표정을 보고 예상이라도 했다는 듯 아사단은 말을 계속해서 이어 나갔다.

아사단의 말을 요약해 보자면 그들의 무리들은 비달란을

빼앗겼을 때부터 지배자를 쫓아왔다고 했다.

당시의 제사장은 테스터들의 부흥을 예견이라도 한 듯 부족이 다시금 부흥하기 위한 방법은 새로운 거점을 개척하는 수밖에 없다는 것을 깨달았기에 지배자를 처단할 계획을 세운 것이었다.

하지만 지배자의 흔적을 찾아내는 것은 테스터가 아닌 원주민에게는 너무나도 힘든 일이었고 겨우 몇 세대 전에야 지배자의 위치를 파악해 냈다는 것이다.

그에 흥분한 아사단의 선대들은 투사들을 모아 지배자를 공략하려 했으나 번번이 실패했고 그때마다 분루를 삼키며 다음을 기약할 수밖에 없었다고 했다.

"더군다나 비달란을 잃은 후부터 선대들은 지배자를 찾기 위한 일환으로 우호적인 테스터들에게 새롭게 개척된 거점이 있는지 꾸준히 확인해 왔으나… 지금껏 단 한 번도 없었습니다. 단 한 번도."

"그게 무슨 의미지, 아사단."

"즉, 현 지배자는 그 오랜 시간 동안 교체된 적이 없다는 의미입니다. 그 말은 처음엔 그저 강한 괴물이었을망정 지금은 영물에 가까워졌다는 것입니다. 그 때문에 과거 활발히 개척이 이루어지던 때와 달리 지금은 테스터들조차도 개척에 실패하고 있는 상황입니다. 저희가 지배자와 마주했을 때는 오히려 힘을 조절해 일부는 풀어주어 희망을 심어주는 영악함까지 보였습니다. 그것에 속아 희생된 투사만 해도……."

아사단은 희생된 투사들을 생각하자 더는 말을 잇지 못하는 것 같았다.

그런 아사단에게 치호가 확인하듯 물었다.

"그래서 다른 부족들에게는 그 사실을 숨긴 것인가?"

"예. 저희가 지배자에 대해서 부족에게 알렸다가는 모든 투사가 덧없이 희생될 것은 불 보듯 뻔한 일이었기에 저희 부족만의 비밀로 간직해 온 것입니다."

아사단의 말이 끝나자 막사 안에 있던 각 대표로부터 비난의 목소리가 터져 나왔다.

"아사단! 어찌 그런……. 우리들을 무시하는 것이오!"

"우리를 욕보이다니! 내가 이끄는 투사들은 죽음 따위를 겁내는 놈이 없다! 어서 위치를 말하라!"

"일족의 수치로군!"

끝없이 이어지는 그들의 비난을 받아내는 아사단의 얼굴은 굳어 있었지만 이미 예상했었는지 담담히 받아들일 뿐이었다.

그저 조용히 눈을 감은 모습이 치호의 말만을 기다리는 것 같았다. 그런 아사단을 보며 잠시 생각하던 치호는 이내 말을 꺼냈다.

"무고한 희생을 낼 필요는 없겠지. 아사단, 잘했다. 하나 나에게까지 그런 걱정을 할 필요는 없다. 네 녀석들 말에 따르면 난 투신의 후인이니까 지배자에 대해 알 권리가 있겠지. 안 그런가, 아사단?"

"하… 하나 후인이시여. 제가 말씀드렸듯……."

"그만. 더 이상의 반론은 허용하지 않는다. 나는 이미 지배자를 처단하겠다고 말했다. 네가 진정 날 후인으로 생각한다면 지배자의 위치를 내게 말해라. 내가 가서 정리하고 오겠다."

아사단은 어떻게든 치호에게 지배자에 대한 위험을 조금이라도 더 알리고 싶었으나 치호의 단호한 태도는 그런 아사단의 말을 막았고, 머뭇거리던 아사단은 이내 무언가를 결심한 듯 치호에게 힘겹게 말했다.

"후인의 뜻이 그렇게 확고하다면… 저도 이번 기회에 사활을 걸겠습니다. 저희 무리의 투사들을 이끌어 주십시오. 후인의 행보에 큰 도움이 될 것입니다."

아사단이 말하자 주변의 다른 대표들도 이에 질세라 투사를 내놓겠다고 말했다.

그들도 본능적으로 이번 기회를 놓치면 영영 새로운 거점을 얻는다는 것은 불가능하다고 느꼈는지 투사를 지원하겠다는 말에 단 한 치의 망설임도 없었다.

하지만 그들의 주장과는 다르게 치호의 생각은 달랐는지

그들을 만류했다.

"너희들의 마음은 잘 알겠지만 그럴 순 없다. 너희의 투사는 앞으로 너희를 지키는 방패이자 적의 심장을 꿰뚫는 창이될 것이니 그들을 이런 전투에서 잃을 수는 없는 법. 나 혼자지배자를 찾아가겠다. 그러니 위치만 말해라."

치호는 거치적거릴 것 같은 투사들을 데려가기가 꺼려졌지만 이번에는 치호의 말이 잘 통하지 않는지 원주민들도 한 발짝도 물러서려 하지 않았다.

그렇게 치호와 원주민들이 한참이나 실랑이를 하다가 결국투사 100명을 데려가는 것으로 합의점을 찾았다.

아사단은 그런 치호에게 현 지배자의 위치를 말해주며 당부를 잊지 않았다.

"후… 어쩔 수 없군요. 더 많은 투사가 함께하길 원하나 후인께서 허락하지 않으시니… 이 정도로 만족하겠습니다. 현지배자는 거점 도시 세비아의 동쪽 해가 뜨는 숲에 서식하고있습니다. 하나 조심하십시오. 현 지배자는 그 힘보다 그 영악함이 더 위협적입니다. 보통의 괴물이라 생각하시면……."

"알겠다. 이미 충분히 들었으니 그것으로 그만하지. 어서준비하도록. 오늘 준비를 마치는 대로 곧 출발한다. 그리고 부족민들은 대현자의 서고 앞에서 대기해라. 내가 지배자를 처리하고 나서 그리로 갈 테니."

치호의 말에 아사단과 나머지 대표들은 서둘러 움직였다. 각자가 이끄는 무리에서 한 명의 투사라도 더 치호와 함께 움직이게 하려면 다른 이들보다 빨리 투사들을 데려와야 하기 때문이다.

그들의 부산한 움직임을 보며 치호 역시 전투를 위한 점검을 하기 시작했다.

"스테이터스 상세 확인."

〈스테이터스 상세〉

— 종족(격): 인간(일반 테스터 — 개척자)

— 이름: 황치호(Lv. 20)

— 특성: 불사의 괴인 [???]

— 직업: (미정)

— 기본 능력(미지정 포인트 +29)

근력: 742[+0(682) +20%] 〉 890

지구력: 208[+0(198), +30%] 〉 270

민첩: 313[+0(283), +20%] 〉 376

마력: 126[+0(81), +35%] 〉 170

기량: 437[+0(427), +20%] 〉 524

— 추가 능력: 이동 속도 +37%, 저항력 +50%, 속성(어둠)

— 획득 칭호: 카미유 학살자, 고독한 사냥꾼, 종의 운명 결정자, 자이언트 킬링(1), 마지막 비원을 이룬 자(1), 감시자(2), 홀로선 자, 격동의 대현자, 율법의 수호자(1)

치호의 스테이터스는 저항력이 조금씩 올라 어느새 50%에 육박해 있었고 스테이터스는 광인의 영역 선포 지속 효과로 인해 보조 스테이터스가 모조리 본신의 스테이터스로 전환되어 그 어떤 테스터보다 압도적인 수치를 기록하고 있었다.

게다가 다른 테스터들이라면 한 개도 획득하기 어려운 칭호를 벌써 9개나 가지고 있어 그 격차는 확연해 보였다.

그런 스테이터스를 천천히 확인하며 치호는 마력에 미지정 포인트를 20 투자하기로 했다.

최근에 얻은 〈율리아의 전투 함성〉은 마력을 100이나 소모하기에 지금 가진 마력으로는 한참이나 부족해 보여 투자하기로 했다.

하지만 모조리 투자하지 않은 이유는 지식의 수정을 언제 사용할지 모르기 때문에 여유 포인트를 남겨 두기로 한 것이다.

게다가 스킬 변환창의 변환율은 91%에 달하는 걸 보면 조만간 완료될 것 같았다.

아무래도 최근에 따로 약재에 관해 지식을 쌓지 못했기에 속도가 더뎌진 것 같았다.

치호가 스테이터스를 정리하는 동안 몇 번의 메시지가 떠오르고 스테이터스 변화에 따른 고통이 치호를 괴롭혔지만 이제는 어느 정도 숙달이 된 것처럼 느껴졌고 그 고통이 사그라질 때쯤 막사 밖에서 인기척이 들리기 시작했다.

"후인이시여, 준비가 끝났습니다."

막사 밖에서 치호를 부르는 소리에 나가보니 막사 앞에는 기세가 하늘을 찌를 것 같은 투사 100명이 한 치의 오차도 없이 도열해 있었고, 그 면면의 눈빛은 하나하나가 잘 벼려놓은 날처럼 바짝 선 예기를 뿜어내고 있었다.

과연 투사 중에서도 정예라 불릴 만한 이들이었다. 그들의 대표로 뽑힌 듯한 자히드가 한 발짝 나서며 치호에게 말했다.

"후인이여, 투사들 중에서도 신중히 가려 뽑은 정예들이다. 지배자를 처단하는 하는 일에 큰 도움이 될 것이다."

"좋아. 그럼 출발하지. 제사장들은 내가 앞서 말한 대로 대현자의 서고에서 대기하고 있도록."

치호는 제사장들의 대답을 듣지도 않고 지배자를 향해 출발했고 그런 치호의 뒤를 따라 100명의 투사가 위풍당당하게 발걸음을 옮겼다.

＊　　　　＊　　　　＊

치르륵.

끼륵끼륵.

모두가 숲의 투사라서 그런지 치호와 그 일행이 움직이는 속도는 상상을 초월했다.

그런 치호의 일행 앞에선 괴물들은 나타나기가 무섭게 처리되었으며 더욱이 치호의 광인의 영역 선포 앞에서는 매복이나 기습 따위는 통하지 않았다.

그렇게 빠른 속도로 움직여 치호의 일행은 어느새 세비아의 동쪽 숲에 당도해 있었다.

세비아로 향하며 근처에서 활동한다던 클레이가 떠올랐다. 하지만 정보를 얻은 후로 시간도 많이 흘렀고 그 당시 마지막 퀘스트를 준비한다고 했으니 이미 필드를 떠났을 것이다.

그렇지 않다고 하더라도 지금은 클레이보다 지배자가 더 중요했기에 이내 머릿속에서 지웠다.

"후인이여, 이곳부터가 제사장 아사단이 말한 해가 뜨는 숲의 영역이다."

"그런가. 너희들, 긴장해라. 지배자를 단순히 괴물이라고 우습게 보지 마라. 너희가 지금껏 상대해 온 그 어떤 적보다 강대하고 영악할 것이니 방심하지 마라."

100인의 정예 투사들은 이곳까지 이동하며 단 한 번의 위기도 맞이한 적 없어 자신감이 하늘을 찌르고 있었다.

지금껏 숲의 괴물들에게 억눌려 숲에서 숨어 지냈던 지난 날과 달리 치호의 도움으로 너무나 쉽게 괴물들을 처리해 나가니 저도 모르게 자만심이 생기는 것 같았다. 자신감은 반드시 필요한 것이지만 과하면 오히려 독이 될 것이니 지배자를 만나기 전 풀어진 긴장감을 다시금 끌어 올릴 필요가 있었다.

그렇게 투사들의 긴장감을 끌어 올려 만전의 태세로 해가 뜨는 숲 안쪽 깊은 곳으로 천천히 발걸음을 옮기기 시작했다.

＊　　　　＊　　　　＊

"자히드, 확실히 이곳이 맞나? 꽤 깊숙이 들어온 것 같은데… 어째서 이렇게 조용하지?"

"분명 이곳이 해가 뜨는 숲이 맞다. 하지만 그 이유는 나도 잘 모르겠군."

아사단이 말한 숲의 영역으로 한참을 들어왔지만 아무런 반응이 없었다. 금세 뭔가 변해도 변할 것으로 생각했는데 벌써 며칠째 같은 숲을 배회하고 있을 뿐이었다.

투사들도 점점 지쳐 가는지 처음 숲에 들어왔을 때의 긴장감은 점차 마모되어 갔고 치호마저도 지배자가 둥지를 변경했을지 모른다고 생각할 만큼 고요한 숲이었다. 지배자의 흔적이나 어떤 반응도 찾을 수 없어 포기하고 숲을 벗어날 생각을 할 무렵 치호의 눈앞에 오랜만에 보는 메시지 하나가 떠올랐다.

[히든 퀘스트 발동 조건 완료. 잠시 뒤 감춰진 히든 퀘스트가 발동됩니다. 준비하세요.]

치호는 메시지를 보자마자 내용도 확인하기 전에 자히드를 비롯한 투사들에게 외쳤다.

"전투 준비! 무기 들어!"

아무런 눈치도 채지 못하고 있던 투사들은 갑작스레 숲을 울리는 치호의 목소리가 들리자 어리둥절해하면서도 긴장감을 바짝 끌어 올렸지만 치호의 말과 달리 고요한 숲에는 지배자가 나타날 기색은 전혀 보이지 않았다.

그저 새들의 지저귀는 소리나 이따금 들리던 숲의 괴물들의 포효 소리도 들리지 않는 무거운 침묵만이 숲을 가득 채우고 있을 뿐이었다.

제6장
두 번째 지배자

[히든 퀘스트 — 진화의 노괴]

— 발동 조건:
1. 개척자 이상의 격을 가진 자.
2. 새로운 거점 개척의 의지를 가진 자.
3. 해당 필드의 지적 존재에게 인정받은 자.

— 내용:
해당 필드의 살아 숨 쉬는 과거의 잔재들에게 인정을 받은 당신!

새로운 격을 위한 도전의 기회를 드립니다. 잠시 뒤 소환될 오그리 모를 처치하세요. 단, 현 지배자 오그리모는 기존의 지배자와 달리 스스로 차기 지배자를 꾸준히 사냥해 그들의 격을 강제로 취하며 격을 높여왔습니다. 그렇기에 초기의 의도와는 달리 상당히 변모해 있습니다. 필드의 골칫거리로 떠오른 오그리모를 처치한다면 현 필 드에서 통로를 개척했던 그 누구도 얻지 못한 보상을 얻을 것입니 다.

치호는 아무도 나타나지 않자 떠오르는 메시지를 재빨리 읽어 내리며 지난번 키테그람 새끼의 경우를 떠올렸다.

그때는 분명 히든 퀘스트의 메시지가 떠오름과 동시에 전 방으로 수백 미터나 되는 배틀 필드가 생성되었다.

그 후 새끼가 나타났으니 이번에도 크게 다르지 않을 것이 라 생각해 그 현상이 나타나길 기다렸다.

하지만 치호의 예상과는 다르게 일이 진행되는 듯 또 다른 메시지가 떠올랐다.

[배틀 필드는 지배자의 요청으로 생성되지 않습니다. 곧 오그 리모가 소환됩니다. 준비하세요.]

[10]

[9]

[8]

　배틀 필드가 생성되지 않는다는 메시지를 본 치호는 자신이 알고 있는 히든 퀘스트와는 조금 다르게 진행될 것 같은 느낌을 받았다.

　아사단이 언급했듯, 지배자를 습격한 투사 중 일부를 풀어 주었다는 의미가 이런 것이 아닐까 생각했다.

　배틀 필드가 펼쳐지면 상대를 격살하기 전까지 풀리지 않는다고 하니 애초부터 배틀 필드의 생성을 막는 것이었다.

　치호의 머릿속에 여러 가지 생각이 떠올랐지만 지금은 카운트가 시작되었으니 오로지 지배자에게만 신경을 집중해야 하기에 잡념을 애써 털어냈다.

[4]

[3]

　카운트는 치호의 눈에만 보이는 것이기에 지배자가 언제 나타날지 모르는 투사들은 오로지 치호의 말만 듣고 무기를 꺼내 들어 경계심을 극도로 끌어 올리고 있었다.

　카운트가 끝나갈 무렵 그런 투사들을 향해 말했다.

"잠시 뒤 지배자가 나타날 것이다."

치호는 그들에게 긴 이야기는 하지 않았지만, 그 말을 들은 투사들은 이를 악물고 손에 쥔 각자의 병장기를 다시 한 번 고쳐 잡기 시작했다.

[1]

[0]

긴장 속에서 천천히 떨어지던 카운트가 끝났지만 지배자의 포효 소리도, 광인의 영역 선포로 인한 메시지도 떠오르지 않았다.

치호는 고요한 침묵의 숲속에서 긴장의 경계를 끊지 않고 언제 나타날지 모르는 지배자의 습격에 대비했지만, 끝내 지배자는 나타나지 않았다.

아무리 기다려도 나타날 기색을 보이지 않는 지배자의 태도에 의문이 들기 시작한 치호는 메시지를 다시 한 번 확인해 보았으나 분명 지배자의 등장을 알리고 있었다.

"후인이여, 기적을 잘못 읽은 것은 아닌지……."

자히드는 치호에게 다가와 조심스럽게 이야기를 꺼냈다.

치호가 자히드에게 퀘스트나 스킬에 관해 이야기해 주지 않았기 때문에 기적을 읽고 투사들에게 전투 준비를 시킨 것으로 이해하고 있었다.

"그럴 리가 없을… 산개!"

치호 역시 자히드의 물음 때문에 메시지에 대한 의문을 표하려는 찰나 다급하게 투사들을 향해 외쳤다.

투사들은 티벨론에서 이곳 세비아의 동쪽 숲까지 함께 이동해 오며 몇 가지 명령에 대한 훈련을 끝마친 상태였기 때문에 치호의 말이 떨어짐과 동시에 반사적으로 몸을 날려 산개하기 시작했다.

쿠웅.

산개하라는 명령과 함께 투사들이 흩어지는 순간, 치호와 일행이 있었던 곳으로 집채만 한 바위 하나가 떨어져 내렸다.

갑자기 나타난 거대한 바위는 거칠게 떨어져 내려 흙먼지를 일으키면서도 그 기세를 잃지 않았는지 맹렬히 굴러가 수십 그루의 나무를 쓰러뜨리고서야 비로소 움직임이 멈추었다.

그런 거대한 바위의 모습을 보고 자히드는 치호에게 물었다.

"후인이여, 대체……."

갑작스레 나타난 바위는 치호가 투사들에게 경고하지 않았다면 그들을 덮쳐 순식간에 수많은 사상자를 냈을 것이다.

치호는 자히드의 물음에도 답하지 않고 조용히 입술을 깨물며 바위가 날아온 방향을 주시하고 있었다.

'피곤한 싸움이 될지도 모르겠군.'

단순히 바위 하나가 날아온 것이지만 그 공격에 담긴 수많은 정보를 알아챈 치호는 직감적으로 전투가 길어질 것을 예상할 수 있었다.

즉, 지배자는 이전의 키테그람과 달리 분노 따위에 먹히지 않고 냉정하게 상대의 전력을 파악하고 있으며 치호의 광인의 영역 선포의 감지 한계 거리인 300m 밖에서 정확하게 선제공격을 날린 것이다.

그것이 의미하는 바는 녀석이 치호보다 적을 감지하는 거리가 길다는 것이다.

그렇다면 녀석의 무력은 일전에 상대했던 키테그람과 격을 달리하고 있다는 것을 쉽게 파악할 수 있었다.

치호가 지배자를 공략할 방법을 생각할 무렵 광인의 영역 안에 수십 마리의 괴물들을 감지되기 시작했다.

"산 넘어 산이군. 온다! 원형진!"

치호가 말을 마침과 동시에 자히드를 비롯한 투사들은 치호를 중심으로 둘러 감싸고 등에 메어진 방패를 꺼내 견고하게 원형진을 만들었다.

준비를 마치자 숲속에서는 키베라몽이 마치 기다렸다는 듯

마구 쏟아지기 시작했다.

"단단히 막아라! 막아! 찔러! 막아!"

자히드의 일사불란한 지휘에 키베라몽이 미친 듯 달려들어도 투사들의 견고한 방패만큼은 뚫지 못했다.

그리고 빈틈이 생기는 즉시 순식간에 방패를 열고 단숨에 녀석들의 심장을 취하는 방법으로 힘겹게 키베라몽들을 막아내고 있었다.

하지만 처리하는 속도보다 충원되는 속도가 더 빨랐는지 점점 늘어나는 키베라몽을 봤을 때 그 전법도 얼마 가지 못해 무너져 내릴 것만 같아 불안하기 짝이 없었다.

아무래도 지배자가 배틀 필드를 구축하지 않은 이유는 자신의 공격 범위를 최대한 사용하기 위해서가 첫 번째 이유고 두 번째는 자신의 수족들을 부리기 위해서인 것 같았다.

스스로 강대한 힘을 가지고 있는 지배자가 치호를 포함한 인간 101명을 상대하는 방법으로는 좀스럽기 그지없지만 그 효과만은 두말할 필요가 없는 전법이었다.

힘겹게 키베라몽을 막아내는 투사들의 머리 위로 다시금 어두운 그림자가 드리워지기 시작했다.

치호는 그림자가 드리워지는 순간 튀어 올라 날아오는 바위를 쳐냈다.

꾸르르릉.

다행히도 바위는 치호 덕분에 그 방향이 꺾여 다른 곳으로 굴러갔지만 치호의 손은 어느새 검게 물들어 있었고 발치엔 검은 연기가 피어오르고 있었다.

"13인의 악몽."

바닥에 착지한 치호는 망설일 틈도 없이 바로 악몽을 소환하여 그들에게 명령했다.

"지배자를 찾아라."

간단한 명령이었지만 치호의 의도를 단숨에 파악한 듯 악몽들은 검은 빛살이 되어 사방으로 튀어 나갔다.

악몽들의 움직임을 막으려는 키베라몽들이 이따금 보였지만 치호의 명을 받은 그들은 녀석들을 무시하고 오로지 지배자만을 찾기 위해 움직이듯 빠르게 사방으로 퍼져 나가 흔적을 감추었다.

치호는 악몽들을 날려 보내고 원형진 중심에서 다시 한 번 스킬 율리아의 전투 함성을 발동시켰다.

사용할 일이 없을 것 같던 스킬이었는데 생각보다 빨리 사용하게 되었다.

"부족의 미래는 너희 손에 달렸다! 의지하려 들지 마라. 너희의 손으로 직접 미래를 쟁취하라!"

말을 마친 동시에 치호를 중심으로 눈부신 빛이 터져 나와 힘겹게 싸우고 있는 투사들을 감쌌다.

또한 율리아의 전투 함성이 녹아들어 간 치호의 외침은 키베라몽을 힘겹게 막아내고 있는 투사들에게 묵직하게 박혔는지 그들의 등에서 묘한 기운이 피어오르는 듯한 착각이 들었다.

동시에 치호에게 떠오른 메시지 하나.

[아군의 사기가 고양되고 공격력과 방어력이 100% 상향 조정되었습니다.]

치호 역시 처음 써본 스킬이었지만 전설 스킬답게 그 효과는 대단했다.

물밀 듯 밀려오는 키베라몽들에 의해 지금껏 분투했지만 체력이 떨어져 점차 밀리던 투사들의 전열이 가다듬어지는 것은 물론이고 나아가 괴물들을 밀어내기까지 하고 있었다.

단순히 수치만으로 따질 수 있는 것은 아닌 것 같았다. 스킬을 사용한 치호는 전투에 합류하지 않고 원형진 한가운데서 그들의 전투를 지켜보며 가만히 서 있었다.

함께 키베라몽을 밀어내고 싶은 마음은 굴뚝같았지만 연이은 스킬 사용으로 인해 마력 소모가 커 지배자와의 전투를 생각해 빠르게 마력을 회복시켜야 했기 때문이다.

[드레모의 나태한 강철 군화 효과로 체력 및 마력의 회복 속도가 100% 향상됩니다.]

메시지가 떠오름과 동시에 마력은 빠른 속도로 차올랐고 악몽을 소환하는데 들었던 마력까지 소량 차오르는 것을 느꼈다.

가만히 서 있던 치호가 어느 정도 마력이 차올라 키베라몽과의 전투에 합류하려는 순간 악몽 중 하나가 완갑으로 형태를 변형한 팔찌로 역소환되어 회수되는 것을 느꼈다.

그와 동시에 남은 12인의 악몽이 한 지점을 향해 빠르게 움직이는 것이 느껴졌고 치호는 드디어 지배자를 발견했다는 것을 알 수 있었다.

"자히드, 지배자를 발견했다. 버틸 수 있겠나?"

"투사들에게 걱정 따위는 필요 없다. 그저 명령만 내리면 될 것이다."

"좋아. 내가 돌아올 때까지 버티기만 해라. 버티면 이긴다."

치호는 자히드의 자신 있는 대답에 버티기만 하라는 당부를 남긴 채 악몽들이 모여드는 곳으로 투사의 발걸음을 사용해 빠르게 움직였다.

치호의 발걸음 뒤로 몇몇의 키베라몽이 쫓아오는 듯했으나 투사의 발걸음이 만든 검은 불길에 비명조차 지르지 못하고 숨이 끊어지고 있었다.

[지배자를 발견했습니다. 제거 대상으로 등록하시겠습니까?]

"등록."

지배자를 향해 빠르게 이동한 덕에 치호의 영역 안에서 녀석을 포착한 듯 메시지가 떠올랐다.

다만 지배자에게 압도 효과는 적용되지 않았는지 별다른 메시지는 떠오르지 않았고 저 멀리 악몽들과 전투를 벌이고 있는 녀석의 모습이 보이기 시작했다.

최대한 빨리 도달했으나 그 사이 악몽들은 6인 만 남긴 채 나머지는 모두 치호의 팔찌로 역소환되었다.

악몽들은 치호와의 거리가 멀어지자 힘의 수급이 원활하지 않았는지 지배자의 힘을 감당하지 못해 순차적으로 역소환당했고 그저 치호가 도착할 때까지 녀석이 다른 곳으로 도주하지 못하도록 그 움직임을 막아내고 있을 뿐이었다.

"네놈이구나, 지배자."

치호는 드디어 지배자 앞에 섰다. 녀석도 악몽들과 격을 달리하는 강자의 등장에 그 기세를 무시할 수 없었는지 경계를 시작함과 동시에 치호가 무심코 던진 말을 알아들었는지 거친 포효를 하기 시작했다.

쿠허어어!

굵직한 지배자의 목소리는 대지를 쩌렁쩌렁하게 울렸으나 치호는 그런 공포스러운 포효 앞에서도 얼굴빛 하나 변하지 않으며 위풍당당하게 파멸의 조각을 꺼내 들고 지배자에게 향하는 무거운 발걸음을 한발 내디뎠다.

치호는 지배자 오그리모에게 점점 가까워지자 시야에 녀석의 온전한 모습이 들어오기 시작했다.

녀석은 인간의 모습과 흡사했으나 온몸이 탈색된 듯한 빛깔의 거친 털로 덮여 있었다.

게다가 10m가 넘어 보이는 체구는 일전의 키테그람보다 작았지만 녀석과는 비교할 수 없을 만큼 위험한 기세를 풍겨왔다.

마치 지구의 신화 속에 나오는 거인과 비슷했으나 비정상적으로 발달한 두꺼운 팔과 여섯 달린 녀석의 손가락은 거인의 모습으로 표현할 만큼 단순한 녀석은 아니었다.

저런 몸을 가지고 있으니 그 거대한 바위를 던져 공격할 수 있었을 것이다.

'압박이 대단하군.'

강건하고 우람해 보이는 몸과 달리 세월을 비껴가지 못한 듯 주름지고 탄력 없는 얼굴에 박힌 노랗고 깊은 눈과 마주쳤을 때 힘겹게 지배자를 막아서던 6인의 악몽들도 그 힘이 다했는지 모조리 역소환되었고 이제는 오그리모와 치호, 단둘만이 남아 있을 뿐이었다.

지배자 오그리모는 자신을 막아서는 녀석 중에 자신의 포효를 받고서도 저리도 태연히 서 있는 녀석은 처음인지 탐색이라도 하듯 천천히 치호 주위를 맴돌았다.

다만 그 눈빛이 뛰어난 적수를 만난 눈빛이 아니라 그저 신기한 장난감이라도 발견한 듯 호기심 가득한 눈빛일 뿐이었다.

치호는 오그리모의 그런 도발적인 눈빛이 마음에 들지 않는다는 듯 한쪽 눈을 씰룩이며 검은 연기를 피워 올렸지만, 그 미세한 움직임을 보이는 순간 오그리모가 치호를 향해 달려들며 거칠게 대지를 박찼다.

우지끈.

치호가 오그리모의 기습적인 돌진을 간신히 피해내자 녀석은 숲의 나무 몇 개를 쓰러뜨리고서야 겨우 그 돌진을 멈추었다.

오그리모는 자신의 공격을 피한 치호를 보고 쉽게 볼 상대는 아니란 것을 느꼈는지 다시금 포효하며 부러진 나무 중 하나를 가볍게 손에 들고 마치 몽둥이처럼 치호를 향해 미친 듯 휘두르기 시작했다.

콰앙, 콰앙.

거대한 나무가 빠른 속도로 휘둘러지며 생성된 날카로운 풍압은 치호에게 위협적으로 다가왔고, 점점 치호의 몸에 자잘한 상처를 만들어내기 시작했다.

게다가 녀석이 휘두른 몽둥이는 치호가 있던 땅을 내려칠 때마다 무시무시한 소리와 함께 깊은 구덩이를 만들어냈다.

풍압은 둘째치고 저런 공격을 한 번이라도 잘못 맞았다가는 그대로 정신을 잃어 녀석에게 잘근잘근 씹어 먹히는 것은 물론이요, 지금 키베라몽과 분투하고 있을 투사들까지 오그리모의 분노를 피해갈 수 없을 것이다.

그렇기 때문에 단 한 번의 공격이라도 허용하지 않기 위해서 치호는 신경을 곤두세우고 녀석이 빈틈을 보이기만을 기다리며 공격을 힘겹게 피해냈다.

하지만 오그리모 역시 여간해서 빈틈을 보이지 않고 연신 치호가 머물렀던 땅을 쳐대며 흙먼지만 피어올릴 뿐이었다.

쿠룽.

거대한 나무를 가벼운 몽둥이처럼 휘두르던 오그리모는 자신이 피어올린 흙먼지에 시야가 가려 잠시 주춤하는 사이 치호가 드디어 눈을 빛내며 오그리모에게 쇄도했다.

피어오른 흙먼지는 한 치 앞을 볼 수 없을 만큼 자욱하게 깔렸지만 치호는 광인의 영역 선포 효과 덕에 전혀 구애받지 않고 오그리모를 향해 거리를 좁힐 수 있었다.

툭.
크와와왁!

단 한 번의 휘두름.

오그리모를 향한 단 한 번의 휘두름이 끝났을 때 녀석의 강건해 보이는 한쪽 팔이 힘없이 땅에 떨어졌다.

오그리모는 팔이 떨어질 때까지 고통조차 느끼지 못하다가 떨어진 팔을 눈으로 보고 나서야 고통에 찬 비명을 지르기 시작했다.

그 비명은 숲을 떨게 만들었지만 치호는 검이 검게 변하다 못해 검은 아지랑이를 피어올리며 자신의 힘을 탐욕스럽게 빨아들이고 있는 파멸의 조각을 보며 얼떨떨할 뿐이었다.

검의 효과가 이렇게까지 좋을 줄은 몰랐다. 녀석의 두꺼운 저 팔이 마치 두부처럼 느껴질 만큼 너무나 쉽게 녀석을 베었다.

더군다나 검이 깃털처럼 가볍고 검 끝에서 느껴지는 감각이 생생히 치호에게 전달되어 검을 휘두르는 것이 아닌 팔이 늘어나 녀석을 벤 것처럼 느껴졌다.

그 사이 오그리모는 떨어진 팔을 집어 들어 더운 피를 뿜어내고 있는 어깨에 가져다 대었다.

녀석의 표정을 보니 다시 팔이 다시 붙기를 소망하는 것 같았지만, 치호는 그런 바보 같은 오그리모의 행동을 보며 재차 공격을 준비했다.

"이번엔 끝내주지."

치호는 자신 있게 오그리모의 목덜미를 향해 쇄도했다. 이 정도 절삭력이라면 단숨에 녀석의 목을 베어낼 수 있을 것 같은 자신감이 들었다.

하지만 녀석의 예상치 못한 공격에 치호는 피가 섞인 구토를 해야만 했다.

"커헉."

우지끈.

치호는 녀석이 휘두른 주먹에 맞아 수십 미터를 날아가며 나무 몇 그루를 쓰러뜨리고 나서야 멈추어 설 수 있었다.

이후 연속해서 거대한 나무가 통째로 날아와 치호를 깔아 뭉갰다.

공격이 직격하는 순간 검을 들어 방어했기에 망정이지, 직격으로 맞았다면 정신을 잃었을 지도 모를 일이었다.

하지만 충격의 여파가 심해 하늘과 땅이 구분되지 않았고 피가 섞인 기침은 멈출 줄 몰랐다.

간신히 정신을 추슬러 검을 지팡이 삼아 겨우 몸을 일으켰을 때 오그리모는 그런 치호를 기다려 줄 생각이 전혀 없는 듯 다시금 쇄도하기 시작했다.

그런 녀석의 어깨에는 방금 전 치호가 잘라냈던 팔이 다시금 붙어 있었다.

'크흑. 안일했군.'

생각 이상의 효과를 보여주는 파멸의 조각 때문에 다소 흥분했는지 지배자가 가진 능력이 무엇일지 생각하지 않았다. 아무래도 녀석은 재생 계열이나 회복 능력을 가진 것 같았다.

떨어진 팔을 다시 붙이려고 한 행동을 비웃었던 치호로서는 그 실수가 지금의 뼈아픈 결과를 낳은 것이다.

그나마 다행인 것은 파멸의 조각 효과 때문인지 녀석의 팔이 완벽하게 치유된 것은 아닌 듯 덜렁이는 것이 불안해 보였다.

"투사의 발걸음!"

투사의 발걸음을 발동시켜 재빨리 녀석의 돌진을 피해냄과 동시에 녀석의 몸에 올라탔다.

그리고는 몇 개의 발자국을 심어준 후 다시 뛰어내려 녀석을 관찰하기 시작했다.

일단 파멸의 조각은 녀석의 회복을 늦출 수 있는 듯했고 그렇다면 검은 불길은 어떨지 확인해 보기로 한 것이다.

크와악!

오그리모는 자신의 몸에 치호의 발자국으로 인한 검은 불길이 피어오르자 팔이 떨어졌을 때보다 더욱 격한 반응을 보이며 이리저리 굴렀다.

하지만 치호의 불길은 여간해서 꺼지지 않았고 투사의 발걸음 효과가 끝낼 때가 되어서야 서서히 사그라졌다.

'효과가 있군. 좋아.'

치호는 고통에 비명을 지르는 녀석을 보고 전략이 섰는지 연신 투사의 발걸음을 연속해서 시전하며 녀석의 움직일 수 있는 범위를 차단해 나갔다.

그런 후 차근차근 녀석의 발목부터 공략을 시작해 움직임을 제한한 후 오로지 치명적인 급소만을 노려 녀석에게 깊은 상처를 주었다.

그런 오그리모는 자신의 상처 회복 속도가 평소와 달리 제대로 회복되지 않자 패닉에 빠진 듯했고 그런 녀석의 광분에 가까운 공격을 재빨리 피해내면서도 오그리모의 주변에 검은 불길의 씨앗을 퍼뜨렸다.

치호와 오그리모 사이의 긴박한 공방전은 그 이후에도 한참이나 지속되었고 그 사이 치호는 단 한번도 투사의 발걸음을 풀지 않은 채 계속해서 주변으로 검은 불길을 퍼뜨렸다.

그러다 어느 순간 오그리모 역시 주변의 묘한 기운을 느끼고 둘러 봤을 때는 이미 사방은 검은 불길로 뒤덮여 있었다.

마치 검은 불길의 바다를 보는 듯 치호의 불길은 사방의 숲을 집어삼키며 그 세를 불리고 있었다.

오그리모는 치호와의 계속된 전투로 인해 상처가 누적되었고 검은 불길이 조여오듯 압박하자 결국 고통에 찬 비명을 연신 뱉어내며 도망가려 했다.

하지만 투사의 발걸음이 만든 검은 불길의 바다 앞에서 도 망갈 길을 찾는 것은 힘겨워 보였다.

녀석은 잠시 머뭇거리는 듯하더니 무언가를 부르는 듯 격하게 울부짖었다.

"수작 부리지 마라!"

치호 역시 정상의 상태는 아니었다. 오그리모와 공방전을 치르며 몇 번 허용했던 공격과 처음 불시에 맞았던 공격의 대미지가 치호의 몸에 쌓여 정신을 잃을 것만 같았지만 이를 악물고 참아내 녀석의 숨통을 끊기 위해 거리를 좁혔다.

하지만 오그리모 역시 마지막 발악이라도 하는 듯 거칠게 반항해 쉽지 않았다.

그렇게 잠시 지체하는 동안 사방에서 수없이 많은 기척들이 느껴졌다.

키베라몽들이었다.

녀석이 무언가를 부르는 듯싶더니 키베라몽들을 불러들인 것 같았다.

몰려든 키베라몽은 치호를 공격하는 것이 아니라 치호가 일으킨 검은 불꽃 위에 그들의 몸을 켜켜이 쌓아 길을 만들기 시작했다.

"안 돼!"

검은 불길은 달려드는 키베라몽들의 목숨을 차례차례 빼앗아갔지만 그럼에도 불구하고 그 시체가 만드는 길은 점점 오그리모를 향해 천천히 길을 내고 있었다.

녀석은 키베라몽의 시체를 밟고 치호의 검은 불길의 바다를 헤쳐 도망갈 생각을 하는 것 같았다.

그런 오그리모의 수작을 눈치챈 치호가 재빨리 녀석의 목숨을 취하기 위해 쇄도했지만, 녀석은 공격을 아예 배제하고 오로지 시간을 끌려는 듯 치호의 공격을 필사적으로 피하기만 했다.

이제 조급해지는 것은 반대로 치호가 되었다. 오그리모를 여기서 놓치면 다시는 자신 앞에 모습을 드러내지 않을 것이 분명했다.

그러면 자신이 계획하고 있는 모든 일은 틀어질 것이기에 키베라몽의 시체가 만드는 길이 오그리모에게 가까워질수록 점차 초조해지기 시작했다.

그 순간 반가운 목소리 하나가 치호의 귓등을 때렸다.

"후인이시여! 저희가 왔습니다."

숲에서 키베라몽과의 전투를 치르고 있을 투사들이 자히드를 필두로 하나둘 나타나기 시작했다.

아마도 오그리모가 투사들의 발목을 잡고 있던 녀석들까지 모조리 불러들인 것 같았다.

모습을 드러낸 투사들은 치호와 오그리모가 싸운 흔적과 투사의 발걸음이 만들어낸 검은 불꽃의 바다가 일렁이는 광경을 보고 그대로 굳어 아무런 말도 하지 못했다.

다급한 상황에서 어울리지 않는 그들의 모습이었지만 이내 그런 침묵을 깨고 자히드가 애써 목소리를 내며 거칠게 외쳤다.

"아아, 투신이 재림하셨다! 우리 영광된 투신의 자손들이여, 후인을 따르라. 전설의 한 조각을 장식할 위대한 전투에 오연히 맞서 그 목숨을 바치라! 영광의 투사들이여, 오늘 이 전투는 영원불멸토록 우리의 자손들에게 전해질 것이다!"

우와아악!

"물러서는 자, 영원히 치욕의 이름으로 기억될 것이다!"

"나는 오늘 여기서 죽을 것이다!"

자히드의 감동에 부푼 거친 외침은 투사들에게 필요해 보이지 않았다.

이미 모든 투사가 치호와 오그리모가 만들어낸 전투의 흔적만 보고도 한껏 달아올라 죽음을 각오하고 키베라몽들에게 미친 듯 달려들었다.

투사들이 몸을 생각하지 않고 적들을 향해 달려드는 움직임은 마치 치호가 소환한 악몽의 그것과 같았으나 그들과 달리 진정 살아 있는 자들이 만들어내는 그 치열한 현장의 기운은 악몽이 주는 느낌과는 전혀 다른 분위기를 자아냈다.

투사들이 합류함과 동시에 키베라몽들의 시체로 만들어지던 길은 그 속도가 점차 더뎌지더니 이내 멈춰 버렸다.

나아가 만들어졌던 길조차 검은 불꽃에 의해 점점 사라지고 있었다.

그런 모습을 망연히 바라보던 오그리모는 거칠게 포효했지만 그 포효에 영향받을 이는 이 전장에 더는 남아 있지 않았다.

"지배자여, 오랜 시간 수고했다. 이젠 쉬어라."

오그리모는 천천히 다가오는 치호를 보며 아무런 반항을 하지 않았다.

이미 키베라몽들이 만든 길이 사라지는 것을 보고 희망의 끈을 놓았는지 노란 눈은 동공이 풀려 있었고 힘없이 주저앉아 죽음을 기다릴 뿐이었다.

쓰컥.

파멸의 조각이 검은 섬광을 만들어냄과 동시에 치호의 눈 앞에는 메시지들이 떠오르기 시작했고 그런 메시지들을 확인하며 치호는 천천히 눈을 감았다.

희미해져 가는 정신 속에서 치호를 부르는 자히드의 목소리가 들린 것 같았지만 치호에게는 더 이상 움직일 힘조차 남아 있지 않았기에 멀어져 가는 정신을 구태여 붙잡지 않았다.

제7장
세비아

마력이 바닥을 보일 때까지 투사의 발걸음을 단 한 번도 풀지 않고 계속 사용해서인지 기묘한 탈력감이 온몸을 휘감았다.

더불어 오그리모와의 전투로 인한 대미지 누적이 문제가 되어 전투가 끝난 직후 정신을 잃은 치호는 며칠이 지나고서야 겨우 정신을 차릴 수가 있었다.

"…쿨럭."

정신을 차린 치호는 연신 검은 연기가 섞인 기침을 뱉어내며 몸을 일으켰다.

하지만 그 기침에 피는 섞여 있지 않은 것으로 보아 몸은 어느 정도 회복된 것 같았다.

"헛! 후인께서 눈을 뜨셨다! 어서 자히드 님을 불러!"

치호가 눈을 떴을 때 주변이 다소 부산스럽게 느껴졌지만 소리친 녀석은 처음부터 행동을 같이했던 투사였기에 자신도 모르게 유지하고 있던 경계를 풀었다.

이후 몸에 이상이 없는지 꼼꼼히 점검해 가며 오그리모와의 전투 후 떠오른 메시지를 확인하기 시작했다.

[광인의 영역 선포 숙련도가 1 상승합니다.]
[율리아의 전투 함성 숙련도가 1 상승합니다.]

처음부터 차근차근 확인하기 시작하자 어김없이 숙련도가 상승했다는 메시지가 떠올라 있었다.

치호는 문득 메시지를 보며 숙련도가 원래 이렇게 잘 오르는 것인지 의문이 들었다.

함성 스킬을 한 번밖에 쓰지 않았는데 숙련도가 오르는 걸 보면 자신의 경험 때문인지 아니면 다른 요소가 있는지 다른 테스터들을 통해 한 번 알아봐야 할 것 같았다.

메시지를 통해 확인한 광인의 영역 선포는 숙련도가 벌써 5가 되어 있었고 율리아의 전투 함성은 1이 상승해 있었다.

다소 의문이 들었으나 지금 확인할 수 있는 것도 아니기에 다음 메시지를 다시금 읽어 내리기 시작했다.

[히든 퀘스트 − 진화의 노괴 − 완료]

− 오랜 시간 동안 차기 지배자를 계속해서 살해하여 스스로의 격을 높여온 노괴가 새로운 존재로 탈바꿈되기 직전 처단하였습니다. 일반 테스터의 신분으로 달성했다고는 믿기 어려울 놀라운 업적입니다. 그 놀라운 업적에 합당한 보상을 드리는 것은 물론 새로운 통로를 개척할 자격을 드립니다. 당신이 원하는 곳에서 '통로 개방'이라고 외치면 통로가 즉시 개방됩니다.

− 기여도: 황치호 100%

['홀로선 자'의 영향으로 한 단계 높은 보상을 받습니다.]
〈퀘스트 보상 − 에픽 등급 물품〉
〈기여도 [SSS] − 영광의 칭호 획득〉
〈영광의 칭호 '지배자 사냥꾼'을 획득하였습니다.〉
〈미지정 포인트 +20 획득하였습니다.〉
〈무시할 수 없는 경험치를 획득하였습니다. 스킬과 칭호로 대체합니다.〉

〈'자이언트 킬링' 칭호를 획득하였습니다.〉
〈기존의 칭호 '자이언트 킬링'이 중첩됩니다.〉
〈히든 스킬을 얻으셨습니다.〉
〈250골드 86실버 12브론을 획득하였습니다.〉
〈필드의 정수(1)를 획득하였습니다.〉

떠올라 있는 메시지들을 보며 치호는 안도의 한숨을 내쉬었다. 정신을 잃을 때 뭔가 메시지가 떠올라 녀석의 숨이 끊어졌다는 것을 예상하긴 했지만 워낙 기상천외한 일이 많이 일어나는 곳이기에 확실히 녀석의 죽음을 확인하지 못했던 것이 마음에 걸렸기 때문이다.

더군다나 녀석은 시종일관 도망가려는 기색을 보였고, 게다가 저돌적으로 달려들기만 하던 여타의 다른 괴물들과는 달랐기에 불안했었다.

혹여 죽은 척을 했던 것은 아닐까 하는 의심이 들었지만, 퀘스트가 완료되었다는 메시지를 보고 나니 그런 불안감이 모두 달아나 절로 안도의 한숨이 나온 것이다.

'후, 한 고비 넘겼군.'

직업도 확정지어야 하고 원주민들에게 거점도 내주어야 하므로 여러 가지로 바쁠 것 같았다.

게다가 클레이 녀석도 어떻게 되었는지 한 번 알아봐야 하기 때문에 첫 번째 계획부터 틀어질까 불안했는데 다행히 잘 풀린 것 같았다.

치호가 획득한 것들을 확인하려는 찰나 밖에서 인기척이 들렸다.

"저… 후인이시여. 몸은 괜찮으신 겁니까? 어디 불편한 곳이라도……."

치호의 한숨 소리에 치호에게 온 신경을 곤두세우고 있던 투사가 즉각 반응하며 걱정스레 물었다.

"괜찮다. 시간이 얼마나 지났지?"

치호는 천천히 막사를 밖으로 나와 보초를 서듯 바짝 긴장한 채로 서 있는 투사에게 물으며 주변을 둘러보았다.

주변을 둘러보니 치호가 오그리모와 전투를 벌였던 그곳인 듯했다.

투사의 발걸음의 영향인지 나무들은 모두 메말라 있었고 땅은 황폐해져 푸석푸석하게 변해 있었다.

또한, 곳곳에 거목이 쓰러져 있는 곳도 눈에 띄는 것이 흔적만 보아도 오그리모와의 전투가 얼마나 치열했는지를 충분히 짐작할 수 있었다.

"후… 후인께서 쓰러지신지 딱 일주일 되었습니다! 여… 영광입니다! 후인이시여."

처음부터 같이 움직여 온 투사 녀석의 태도가 확연히 변해 있었다.

뭐가 영광이라는 건지 말도 더듬고 군기도 바짝 들어 보이는 모습은 처음 치호를 만났을 때보다 더욱 경직되어 보였다.

치호가 투사의 태도를 보고 고개를 갸우뚱할 때 마침 자히드가 치호를 부르며 달려왔다.

"후인이여! 깨어났나? 다행이군, 다행이야. 투신께서 보살피고 계신 것이 틀림없다."

"아, 자히드. 내가 쓰러진 후 무슨 일이라도 있었나?"

"무슨 소린가, 후인이여."

자히드의 물음에는 답도 하지 않고 멀어지는 투사를 향해 턱짓하며 말을 이어나갔다.

"투사 녀석들, 왜 저렇게 경직되어 있는 거지?"

"음? 하하하. 별것 아니다. 투사들이 후인의 진면목을 알아보고 인정한 것이지. 나야 선대 악몽들의 무덤에서부터 이미 그대를 인정했지만 저들은 그대의 진정한 전투를 처음 보는 것이 아니던가."

"그런 것이군. 그래도 너무 굳어 있는 것이 보기 좋진 않군."

"걱정 할 것 없다, 후인이여. 그들 나름대로 존경의 의미인 것이니, 한데 그대는 진정 투신에게 사랑받는 모양이군. 투신조차도 말년에서야 겨우 이루어냈던 성과를 벌써… 그대가 어디까지 발전할 것인지 짐작조차 할 수 없겠군. 과연 투신의 선택을 받을 만한 자격이 충분하다. 후후."

치호는 자히드의 말을 들으면서 웃음 속에 숨겨져 옅게 드리워진 그림자를 눈치챘다.

그것은 두려움이었다. 악몽의 무덤에서부터 함께 전투를 치렀던 자히드였기에 확실히 느낄 수 있었을 것이다.

무덤에 비해서 비교조차 할 수 없이 강해진 치호의 압도적인 무력, 그리고 빠른 성장 속도까지.

모든 것을 직접 느끼고 있었기에 다른 투사들은 치호에게 존경과 선망의 눈빛을 보낼 때 오로지 자히드만이 어렴풋이 치호의 존재감을 눈치채고 두려움을 느꼈을 것이다.

하지만 아직은 자히드 스스로도 자신이 느끼는 그 감정이 무엇인지 정확하지 않아 다소 혼란스러운 것 같았다.

치호는 그런 자히드를 보며 티를 내지 않았지만 입맛이 쓰게 느껴졌다.

이번에는 온전히 자신의 힘만으로 지배자를 처리했기에 망정이지 키테그람이나 쥬드의 경우처럼 자신 안에 있는 다른 녀석들이 고개를 들어 힘을 분별없이 사용했다면 지금처럼 존경이니 어쩌니 들먹거리기도 전에 정신을 잃은 자신의 목을 몇 번이나 베었을지도 몰랐다.

치호가 내심 안도의 한숨을 쉬고 있을 때 자히드가 치호에게 말했다.

"후인이여, 이쪽으로. 보여줄 것이 있다."

자히드가 인도하는 거대한 막사 안으로 들어가 보니 그곳에는 오그리모의 사체를 해체하는 작업이 한창이었다.

지난번 키테그람처럼 이번에도 사체는 검은 재로 변해 흩날리지 않고 온전히 그 사체를 남긴 것 같았다.

다만 치호의 검은 불길에 닿아 온전한 부분은 얼마 되지 않았지만 그 크기가 크기인 만큼 1주일이나 지났음에도 불구하고 아직도 해체 작업을 하는 것 같았다.

과연 원주민들답게 사체를 사용하는 방법을 알고 있는지 징그럽다며 펄쩍 뛰던 메이와는 달리 꼼꼼히 사체를 살피며 조심스레 해체를 해나가는 모습이 인상적이었다.

"그래, 쓸 만해 보이는 부위가 있던가?"

"글쎄… 우리도 정확히는 모르겠다. 지배자의 사체를 처음 접하다 보니 어떻게 사용해야 할지 감이 잡히지 않는군. 하지만 지배자의 피는 그 자체로도 효용이 대단해 따로 모아두었다."

이어지는 자히드의 말을 들어보니 뼈의 강도도 강도이거니와 특히나 녀석이 가진 피는 상처를 회복하는 데 엄청난 효과를 가졌다고 했다.

일전에 마셨던 포션보다도 그 효과가 빠르고 고통도 적다고 했다. 그런 자히드의 말을 들으며 치호는 오그리모의 피와 뼈를 적당히 챙기며 말했다.

"나머지는 너희 부족이 사용하도록. 나는 이 정도면 충분하다."

"저… 정말 그리해도 되겠나? 이 많은 양의 사체라면 하다 못해 테스터들의 거점에 내다 팔기만 해도 이득을 챙길 수 있을 것인데."

"대신 내가 하는 부탁을 하나 들어줬으면 좋겠다. 자히드."

"부탁이라니 당치도 않다. 지배자까지 처단한 후인은 그저 우리에게 명령만 하면 그만이다."

자히드가 당차게 말했으나 치호는 그런 녀석의 태도를 보고 의미를 알 수 없는 쓴웃음을 지으며 앞으로의 계획을 말했다.

대현자의 서고 근처에 거점을 세울 것과 서고의 관리를 맡아줄 것을 말이다.

그리고 자신은 잠시 거점 도시 세비아에 들렀다가 대현자의 서고로 향할 것을 말했다.

굳이 직업이니 뭐니 길게 말할 것 없었기 때문에 빠르게 요점만 이야기했다.

그런 치호의 말이 끝났을 때 자히드가 자신 있게 말했다.

"겨우 그런 일을 가지고 그렇게 어렵게 말하다니. 후인이여,

내가 선대의 유지를 받아들여 악몽의 명맥을 유지했던 것처럼 그대가 말하는 대현자의 서고 또한 우리의 새로운 사명이 될 것이다. 그런 것 때문이라면 우리는 저 사체를 사용할 권리가 우리에겐 없다. 재고를 부탁한다, 후인이여."

"그러면 사체는 이번에 전투에서 전사한 투사들을 위해서 쓰고, 남은 것은 새로운 거점을 지을 때 필요한 것들을 구하는 데 사용하도록. 난 이미 충분히 가졌으니 필요 없다. 아무튼, 난 먼저 출발하도록 하지."

"후인이여, 그대는 진정… 알았다. 서고에서 기다리겠다."

자히드는 전사한 투사들을 생각하는 치호에게 감동했는지 몸을 부르르 떠는 것 같았으나 치호는 그런 녀석을 크게 신경 쓰지 않고 뒤로한 채 거점 도시 세비아가 있는 방향을 향해 걸음을 옮겼다.

깨어나자마자 바로 떠나려는 치호를 걱정한 자히드가 말리려 했지만 치호는 그저 작은 미소만 띠며 앞으로 나아갈 뿐이었다.

그 모습은 마치 이곳은 자신이 있을 자리가 아니라는 듯 황급히 자리를 뜨는 모습 같았다.

아무래도 자히드와 투사들이 보인 모습 때문에 가능하면 투사들과 거리를 두려는 듯한 치호의 소극적 태도가 행동으로 나타나는 것이었다.

더욱이 지난번 티벨론에서 이곳, 동쪽 해가 뜨는 숲으로 이동하면서 투사들에게 대략적인 거점 도시 세비아의 위치는 전해 들었으니 굳이 이곳에서 불편한 마음으로 시간을 낭비하기보다 하루라도 빨리 목표를 향해 움직이는 것이 나아 보였기 때문이다.

*   *   *

"저기가 세비아인 모양이군."

치호는 어째서인지 숲에서 단 한 번도 헤매지 않고 오그리모와 전투를 벌였던 숲에서부터 일직선으로 거점 도시 세비아가 위치해 있는 곳까지 빠르게 이동했다.

더군다나 아직 거점 문양을 얻지 못했기에 치호의 눈에 보여서는 안 되는 거점 도시의 모습까지 저 멀리 어렴풋이 보이기 시작했다.

이런 기이한 현상에 의문이라도 품을 법하건만 치호는 당연하다는 듯이 걸음을 멈추지 않고 세비아를 향해 부지런히 발걸음을 옮길 뿐이었다.

그러면서 며칠 전 자히드와 헤어진 후 확인했던 획득 물품에 대해서 생각하자 치호의 입꼬리가 살짝 올라갔다.

'과연 에픽 등급 물품은 아주 쓸모가 많아.'

치호는 새로 얻은 것을 다시금 정리하며 만족스러운 미소를 지었다.

특히나 획득한 에픽 물품은 지금껏 감수해 왔던 불편함들 중 하나를 해결해 주는 것이기에 어중간한 아이템보다 훨씬 소중하게 느껴졌다.

〈틸베른의 속임수 − 에픽 등급 물품〉

− 효과: 거점을 드러내고 인터페이스 상의 지도 기능을 강제로 추가합니다.

− 내용: 지금은 삭제되어 사용할 수 없는 지도 기능을 계속해서 사용하고 싶었던 틸베른은 율법을 속이는 희대의 속임수를 성공시켰습니다. 마지막 남은 해당 아이템 사용 시 인터페이스에 영구적으로 지도 기능을 강제로 추가하고 거점을 드러내 자유로운 이동이 가능합니다. 단, 사용 즉시 파괴되어 회수됩니다.

처음 이 메시지를 읽었을 때만 하더라도 정확히 무슨 의미인지 파악하기 힘들었다.

더군다나 아이템이 파괴된다는 소리에 괜스레 물품 하나만 잃는 것이 아닌가 싶어 불안한 마음을 가지고 사용했는데 사용하자마자 그런 걱정은 씻은 듯 날아가고 아주 만족스러운 아이템이 되었다.

'이젠 인솔자를 찾을 필요도 없겠어.'

거점을 드러내 주는 기능은 치호의 지금껏 행보를 보면 아주 필요한 아이템이었다.

매번 이동할 때마다 거점을 발견 못 해 방황하지 않을까 했던 걱정을 한 번에 해결해 주는 데다가 인터페이스상의 지도를 켜면 가장 가까운 거점까지 표시되어 이보다 더 편할 수는 없었다.

더욱이 지식의 수정처럼 뭔가를 요구하는 것도 아니고 자유롭게 사용할 수 있어 더욱 마음에 들었다.

'게다가 이 스킬은… 이런 것이 스킬로 나올 줄이야.'

치호는 새롭게 얻은 히든 스킬을 다시금 확인했다. 셀렌의 안목과 같은 등급의 스킬이었기 때문에 지난번과 마찬가지로 스킬 이름이 제공되지 않았지만 다짐했던 바가 있기에 망설임 없이 스킬을 습득했다.

〈아보크의 싸움터 ─ 발동형〉

─ 내용: 거점 도시 세틀라의 미친 싸움꾼 아보크는 말년에 자신과 겨루어 주는 자가 없자 강제로 강자를 붙잡아 두어 전투를 치를 수 있는 공간을 만들어냈다. 이 공간은 아보크가 죽기 전까지

는 벗어날 수 없기 때문에 사로잡힌 상대와 서로의 목숨을 거는 만족스러운 전투를 계속할 수 있었다. 시스템 상 차용하기 위해 강제로 등록된 스킬.

— 효과: 아보크의 싸움터를 생성해 냅니다.
— 소모 자원: 마력 50
— 숙련도: (0/10)

〈마력을 추가 사용하면 싸움터의 반경이 늘어납니다.〉

히든 스킬을 익히고 떠오른 이 메시지를 보았을 때 치호의 머릿속에 가장먼저 떠오른 것은 배틀 필드였다.

스킬의 설명에도 시스템에서 차용하기 위해 강제로 등록되었다고 하니 이름만 바꾼 스킬임이 틀림없었다.

즉 이 스킬을 얻음으로써 치호 스스로 배틀 필드를 생성해 낼 수 있게 된 것이었다.

오그리모처럼 도망가려는 상대를 붙잡아둘 수 있는 강력한 수단이 될 것 같아 아주 유용할 것으로 판단되었다.

다만 소모 자원이 마력을 50이나 요구되기에 시기적절하게 사용해야 할 것 같았다.

마력이 부족해 역으로 당하는 경우가 나오면 곤란하기에

판단을 잘해야 할 것 같았다.

'후… 앞으로 얻는 기술들은 이렇게 모두 마력 소모가 큰 것인가……'

치호는 최근 얻은 스킬들이 필요로 하는 마력 소모량이 무시할 수 없을 만큼 커졌다.

악몽들도 총 98인을 소환할 수 있으나 마력의 수치적 부담 때문에 13인만 기용하고 있는 상황에서 스킬 하나하나가 사용하는 마력이 커지는 것은 치호로서는 달갑지 않았다.

'칭호를 얻은 덕에 마력이 올라가긴 했지만… 여전히 부족해.'

〈영광의 칭호 ― 지배자 사냥꾼〉

― 현재까지 활동한 모든 테스트 필드의 지배자를 집요하게 추적해 그들을 처단했습니다. 때로는 부적절한 시기에 지배자를 처단하여 다소 인과율의 균형추를 흔드는 행위를 하였지만 일반 테스터의 신분으로 행한 이 영광된 행위를 무시할 수 없는바 칭호를 수여합니다.

― 마력 +75, 저항력 +5%

― 지배자를 처단할 때마다 마력 +10, 저항력 +5%

― 지도가 활성화되어 있음을 감지했습니다. 앞으로 모든 지배

자가 지도에 표시됩니다.

《영광의 칭호는 그 업적을 공개할 수 있습니다. 공개할 시 추가 보상을 얻을 수 있습니다. 그 업적을 모든 테스터들 공개하시겠습니까?》

새롭게 얻은 영광의 칭호를 확인했을 때 예상했던 대로 업적을 공개하겠느냐는 메시지가 떠올랐지만 단칼에 거절했다.

그나마 다행인 것은 새롭게 획득한 '지배자 사냥꾼'이란 칭호 외에도 '자이언트 킬링' 칭호를 다시 한 번 획득, 중첩되어 모든 스테이터스 포인트를 10% 증가시킬 수 있었다.

그 결과 마력은 현재 320에 달해 일반 테스터들은 꿈도 꾸지 못할 수치였지만, 새로 얻은 스킬들의 마력 소모량을 보면 그다지 여유 있게 느껴지지 않았다.

그렇기에 마력을 급진적으로 올려줄 수 있는 아이템이 절실하게 필요했다.

다만 이번에는 그런 물품이 나오지 않았기에 더욱 아쉽게 느껴지는 것일지도 몰랐다.

마지막으로 미지정 포인트는 새로 얻은 것까지 모두 합하여 29포인트가 남아 있었지만 그것은 아직 사용을 보류해 두었다.

치호는 새롭게 얻은 물품과 능력들을 회상하며 정리하다 보니 어느새 거점 도시 세비아의 입구에 도달해 있었다.

〈틸베른의 속임수〉 덕에 아무런 저항 없이 거점에 입성한 치호는 다소 생경한 모습을 마주해야 했다.

'이게 무슨……'

이곳과 가장 가까운 티벨론의 거점만 하더라도 그렇게 활기 넘치는 거점이었는데, 엇비슷해 보이는 규모의 거점인 세비아는 사뭇 다른 분위기를 풍기고 있었다.

그 어떤 거점보다도 침울하고 을씨년스러운 분위기를 자아내고 있었다.

더군다나 최근 커다란 화재라도 겪었는지 화마로 인해 무너진 건물들이 아직 정리도 되지 않은 채 여기저기 널브러져 있었고, 건물의 지붕마다 회색의 재들이 수북하게 쌓여 있어 그 분위기는 더욱 침울하게 느껴졌다.

'무슨 일이 있었나?'

거점을 돌아다니는 세비아의 테스터들이 간간이 보이긴 했지만 그들의 표정에 드리운 그림자를 보았을 때 무슨 일이 있었던 것이 틀림없다.

지나는 테스터에게 현 거점의 상황을 물어보려다 이내 그만두었다.

세비아의 분위기가 어떻든 일단은 직업부터 확정 짓는 것이 급선무였기 때문에 치호는 서둘러 거점의 중심에 위치한 신전을 향해 부지런히 발을 놀렸다.

신전에 도착하니 지난번 티벨론에서 보았던 사제복과 같은 옷을 입고 있는 녀석이 치호를 맞이했다.

"안녕하십니까, 형제님. 저는 여신님을 모시는 라누탈이라고 합니다. 직업을 허락받기 위해 찾아오셨습니까?"

"라누탈? 비탈과 무슨 관계가 있나?"

"호오, 비탈을 알고 계십니까? 비탈은 저와 함께 여신님을 섬기기로 한 친구지요. 음… 일종의 동기라고 표현하면 될까요? 비슷한 시기에 여신님께서 새로운 이름을 내려주셨기에 조금 이름이 비슷하게 느껴질 수도 있습니다. 하하."

"동기? 이름을 내려줘?"

치호는 스스로 여신을 섬기고 있다는 비탈을 만났을 때만 해도 신도는 없고 그저 혼자 여신을 섬기는 것으로 생각했다.

그도 그럴 것이 지금껏 사제를 본 것이 티벨론에서밖에 없었기 때문에 치호로서는 그렇게 판단할 수밖에 없었다.

그저 사냥에 지쳐 숨을 수 있는 곳을 찾는 나약한 인간의 마음이 발현하여 신앙의 대상을 찾은 것이라고만 생각했다.

하지만 라누탈의 말을 들어보니 그건 또 아닌 것 같았다. 동기를 언급한 것도 그렇고 분명 여신이 이름을 내려주었다고 했다.

좀 더 자세히 알아봐야겠지만 어쩌면 여신을 섬기는 이 조직은 치호의 생각보다 더 큰 조직일지도 몰랐다.

"네, 영광스럽게도 여신님께서 직접 저희 이름을 내려주셨지요. 어떠십니까, 저희와 함께 여신님을……."

"아, 됐고. 거점에 무슨 일이라도 있었나. 분위기가 좋지 않은데?"

치호는 녀석이 비탈과 마찬가지로 쓸데없이 포교하려고 들자 귀찮은 듯 말을 잘라내고서 가볍게 거점의 분위기에 관해 물었다.

사제라고 하니 친절히 물음에 답해 줄 것 같았다. 하지만 치호의 예상과 달리 라누탈은 머뭇거리는 기색이 역력했다.

"흠… 이거참… 부끄러운 일입니다만, 이걸 어떻게 말씀드려야 할지……."

"무슨 일인데 그러는 것이지?"

"후… 말씀드리겠습니다. 저의 여신님을 섬기고 있는 자들의 불찰이지요. 실은 저 모든 것이 한 테스터의 짓입니다."

"테스터?"

"네, 그렇습니다. 세비아의 테스터 클레이의 짓이지요. 후… 테스트 필드를 벗어나기 직전, 거점에 불을 지르고 수많은 이들을 학살한 후 도망치듯 필드를 벗어났습니다. 생각지도 못했기에 저희도 딱히 대처할 수가 없었지요. 더군다나 녀석이 어디서 그런 힘을 얻었는지 거점 안에서 힘을 자유롭게 사용하던 터라… 거점 안에서 힘을 사용할 수 없는 테스터들은 그저… 후, 그렇게 됐습니다."

치호는 난데없이 나타난 클레이의 이름에 반가워해야 할지 아니면 분노를 해야 할지 딱히 갈피를 잡지 못했다.

직업을 얻은 후 클레이에 대해서 알아보려고 했는데 생각지 못하게 정보를 얻은 것은 좋았으나, 녀석이 행한 행동 때문에 입은 피해를 생각하니 마냥 기뻐할 수만은 없어 보였다.

신전까지 오면서 본 세비아의 피해는 거의 거점의 반 이상이 피해를 본 것처럼 보였으니 말이다.

그렇기 때문에 치호는 조심스럽게 입을 떼며 라누탈에게 물었다.

"그럼 녀석은 별 탈 없이 다음 필드로 넘어간 것인가?"

"부끄럽게도… 그렇습니다. 다만 저희 측에서 수배령을 내려놓았으니 어떤 식으로든 그 죗값을 받게 될 것입니다. 여신님이 보호하는 거점에서 난동이라니요. 후… 부끄럽습니다. 하나 이런 일을 감춘다는 것 또한 어불성설! 더욱 정진하여 형제자매님들을 보호하는……."

사제 라누탈은 은근슬쩍 여신의 교단을 홍보하려는 듯한 말을 한참이나 계속했지만 치호는 그런 라누탈의 말이 들리

240 불사의 테스터

지 않았다.

녀석에게 수배령을 내렸다고 했다. 필드를 넘어갔는데 수배령을 내렸다는 것은 말이 안 되지만 〈토트샤의 깃털〉의 존재를 알고 있는 치호로서는 녀석들이 하는 말에 신빙성이 있어 보였다.

치호가 모르는 또 다른 방법으로 필드 간의 정보를 움직일지도 모르고 어쩌면 여신의 퀘스트란 이름으로 뭔가 수작을 부릴지도 몰랐다.

그렇다면 그들의 조직은 치호가 생각하는 것보다 깊이 테스트 필드에 관여하고 있을지 몰랐기 때문에 흘려들을 수 없었다.

다만 지금은 그저 자그마한 의구심에 불과하기에 좀 더 지켜봐야 할 것 같았다.

치호는 아직도 여신을 홍보하는 라누탈의 말을 끊으며 물었다.

"직업을 획득하려면 그… 먹고 살기 힘드네… 그런 대사를 읊어야 하나?"

"비탈이 확실히 알렸군요. 네, 그렇습니다. 방법은 알고 계시는 것 같으니 그럼 저는 잠시 자리를 비켜드리겠습니다."

라누탈이 총총걸음으로 물러나자 신전의 석상 앞에는 치호밖에 남지 않았다.

하지만 그런 대사를 또 읊으려니 짜증이 치밀어 오르는 건 어쩔 수 없었다.

아무래도 기회가 되면 신전에 관여하고 있는, 여신을 섬기는 녀석들의 교단을 탈탈 털어봐야겠다고 내심 다짐했다.

이런 말도 안 되는 짓거리를 시키는 게 짜증이 나서가 아니라 녀석들의 행동이 매우 수상쩍었기 때문이다.

녀석들에 대해 알아보면 시스템의 창조자에 대한 단서를 획득할 수 있을 것 같았다.

다만 이 생각이 왜 하필 지금 이 순간 떠오르는 것인지 확실치 않았으나 그 마음만은 확고히 치호의 가슴속에 박혔다.

'반드시!'

치호는 잠시 머뭇거리다 나름대로 다짐을 하며 크게 숨을 내쉬고 일전의 그 대사를 읊기 시작했다.

"에휴, 먹고살기 참 힘드네요. 여신님, 진실의 탐구자는 어때요? 이제 이 진실의 탐구자로 먹고 살려구요!"

대사를 마치고 치호는 조금 불안한 마음으로 여신의 석상을 바라봤다. 통로를 개척할 수 있는 권한을 가지고 있으나 또 어떤 트집을 잡을지 알 수 없었기 때문이다.

일순 정적이 흘렀지만 이내 여신의 석상에서 눈부신 빛이 터져 나오기 시작했다.

석상에서 뿜어져 나오는 빛이 신전을 구석구석 밝히자 사제 라누탈은 그 빛이 꺼지기라도 할세라, 미친 듯 석상 앞으로 뛰어와 무릎을 꿇고 여신을 부르짖기 시작했다.

"오! 여신이여, 드디어 제게 신탁을 주시나이까!"

치호는 일련의 상황을 지켜보며 다소 당황스럽기는 했지만 차분히 기다렸다.

하필 자신이 직업을 얻으려 할 때 왜 이런 일이 일어나는지 조금 짜증이 치밀어 올랐지만 치호로서는 별달리 할 수 있는 일이 없기에 기다리는 수밖에 없었다.

하지만 예상과는 다르게 밝게 비추는 빛은 점차 한곳으로 모이더니 치호를 푸근하게 감싸 안았고 그와 동시에 치호의 눈앞에 메시지가 떠오르기 시작했다.

〈진실의 탐구자를 직업으로 선택하셨습니다. 권하지 않는 직업이지만 테스터 황치호의 통로 개척 권한으로 인해 잊혀진 직업 '진실의 탐구자'가 확정됩니다.〉

〈잊혀진 직업 ― 진실의 탐구자〉

―내용: 직업 진실의 탐구자는 '가벤티아 올브람'이 최초로 선택했던 직업으로서 수많은 거짓 속에 숨어 있는 작은 진실의 조각을

모으는 일을 업으로 삼습니다. 하지만 진실의 편린을 모으는 일은 생각처럼 쉬운 일이 아닙니다. 그렇기에 가벤티아 올브람 이후 수많은 테스터가 시도했지만 결국 단 한 명도 원하는 보상을 취한 이가 없었습니다. 결국 진실의 탐구자를 선택한 테스터들은 좌절만 맛보고 직업을 포기했기에 점차 잊힌 직업이 되었습니다.

이 직업을 선택한 테스터 황치호에게 고난과 역경이 예상됩니다. 더욱이 다른 직업과 달리 주기적으로 보상을 얻지 못하기 때문에 직업으로서의 가치는 그다지 높지 않습니다.

더욱이 진실이란 때로는 거짓보다 더 잔인한 것일 수 있지만 그럼에도 불구하고 진실의 편린을 모아 당당히 그 앞에 마주했을 때 얻는 보상은 그 어떤 직업보다 뛰어날 것입니다.

— 소명: 세계의 감추어진 진실의 편린을 모아 새로운 진실에 눈 뜨는 것.

— 권한: (미지정)

〈아직 밝혀낸 진실이 없기에 권한은 설정되지 않습니다.〉

치호는 눈앞에 떠오른 메시지를 모두 읽었을 때 석상의 빛은 점점 사그라지더니 이내 아무런 일도 없었다는 듯 원래의 신전의 모습 그대로 돌아왔다.

"알겠습니다, 여신님이여."

빛이 사그라졌을 때 라누탈은 여신에게 무언가 전해 들었는지 표정이 사뭇 변해 있었다.

처음으로 신탁을 받아 황홀한 듯싶었으나 다시금 표정을 고치며 치호에게 다가와 말했다.

"형제님, 어려운 가시밭길을 직접 선택하셨다는 것을 여신님께 전해 들었습니다. 자세한 내용은 잘 모르나 여신님께서 직접 언급했다면 보통 사람은 견딜 수 없는 고난의 길이 틀림없겠지요. 그런 희생이 강요되는 일은 저희가 행해야 하는 것이 마땅하나 신전에 얽매어 형제님께 그 짐을 지워야 하는 저로서는 부끄러울 따름입니다."

치호는 라누탈이 무슨 이야기를 하는지 도통 이해가 되지 않았다.

여신이 언급했다는 것도 이해가 되지 않았고 고작 직업 하나 선택한 것을 가지고 고난이라며 호들갑 떠는 것도 이해되지 않았다.

치호의 복잡한 생각과 달리 녀석은 한참이나 여신 어쩌고 하면서 치호를 추켜세우는 것을 멈추지 않았다.

가만두면 언제까지 헛소리할지 몰라 치호는 녀석의 말을 끊으며 물었다.

"그만. 그래서 원하는 게 뭐지?"

"원하는 것이라니요. 당치도 않습니다. 그저 저는 여신님이 말씀하신 대로 형제님을 도우려는 것일 뿐입니다."

"나를 돕는다?"

"예, 그렇습니다. 잠시만 기다려 주십시오, 형제님."

라누탈은 그렇게 말하고는 빠른 걸음으로 신전 안쪽으로
들어가 버렸다.

그런 녀석의 뒷모습을 보며 여신이 왜 자신을 돕겠다는 것
인지 알 수가 없었다.

더욱이 직업 하나 얻으러 왔을 뿐인데 풀리지 않는 의문만
늘어가는 것 같아 마음에 들지 않았다.

하지만 이 모든 것이 단서일지도 모른다는 생각에 마음을
가라앉히고 라누탈을 기다렸다.

라누탈이 다시 모습을 드러냈을 때 그의 손에는 무언가 들
려 있었다.

"이걸 받으십시오."

"이게 뭐지? 브로치?"

"예. 교단의 징표로 사용되는 여신님의 브로치입니다. 이것
을 착용하고 계시면 어떤 필드에 가시든지 저희 교단은 형제
님을 발 벗고 도울 것입니다. 더욱이 브로치는 부정한 기운을
막아주는 효과도 있으니 항시 착용하시길 권합니다."

치호는 건네받은 브로치를 보며 일전의 바르시의 펜던트가
떠올랐다.

아무래도 비슷한 의미의 물건인 것 같았다. 그렇다면 이 물건이 가지고 있는 의미는 가볍지 않을 것이기에 그냥 받기에는 꺼림칙했다.

"사양하지. 내가 이걸 받을 이유는 없을 것 같군. 나중에 어떤 대가를 요구할지도 모르고 말이야."

"아닙니다. 여신님의 신탁에 대가라니요, 당치도 않습니다. 그저 형제님께서 행하는 일에 조금이나마 힘이 되고자 함이니 부담 갖지 마십시오. 하하."

치호는 녀석이 건네는 물건을 거절하려 했지만, 녀석의 단호한 태도에 못 이기는 척 브로치를 건네받았다.

대가가 없다는 것을 단호하게 확답을 받았고, 또한 여신의 교단이라는 것도 상당히 수상했기 때문이다.

치호가 생각하는 것 이상으로 교단의 교세가 넓은 것 같은 뉘앙스는 치호의 관심을 끌기에 충분했다.

더욱이 그렇게 교세가 넓다면 창조자에 대해 좀 더 많은 정보를 얻을 수 있을 것 같았기에 그들과의 끈을 이어두는 수단으로 물건을 받아둔 것이다.

치호가 물건을 건네받아 착용하는 순간 어김없이 메시지 하나가 떠올랐다.

〈여신의 브로치 — 인증의 징표〉

— 효과: 미확인

— 내용: 미확인

'미확인?'

치호는 떠오른 메시지를 읽자 피식하고 저도 모르게 웃음이 나왔다.

과연 여신의 물품답다고 해야 할지 어떨지 모르겠지만 아이템에 대한 효과와 내용이 모두 미확인 처리가 되어 알 수 없었다.

브로치의 내력을 보고 여신에 대해 조금이라도 정보를 알아낼 수 있을까 했던 기대가 한순간에 무너졌다. 하지만 이것 나름대로 치호에게 확신을 주었다.

'확실히 뭔가 있어.'

지금까지 교단에 대해 뭔가 수상하다고 생각했다면 이제는 반드시 알아봐야 하는 것으로 치호의 마음속 우선순위가 바뀌는 순간이었다.

테스터에게 퀘스트를 주는 것도 그렇고, 물품 자체의 설명까지 손댈 수 있다면 이 세계에 깊이 관여하고 있는 것이 틀림없다.

교단에 대한 생각을 아직 밝히기는 이른 것 같아 라누탈에게 부드럽게 말했다.

"브로치는 고맙게 받지. 도움이 될지 안 될지는 두고 봐야 알 테지만, 그래도 기대해 보지."

"큰 도움이 될 것입니다. 형제님, 저희들은 그저 형제님이 하시는 일에 미약하게나마 도움이 되고 싶은 것뿐이니 부담 갖지 않으셔도 됩니다. 여신님의 가호가 함께하기를."

"흠. 그러면 좋겠지만… 아무튼 알겠다. 난 그럼."

치호는 녀석과 적당히 이야기를 나누고 빠져나왔다. 직업을 확정 짓기 위해서 온 것뿐인데 생각외의 소득이 있어 마음이 가벼웠다.

다만 클레이가 먼저 필드를 빠져나간 것이 아쉽기는 했지만 교단에서 직접 녀석을 찾는다고 했으니 다음 필드로 가서 녀석의 행방을 교단에 물으면 일이 수월하게 풀릴 것 같았다.

더욱이 녀석이 떠난 지 얼마 되지 않은 것 같아 운이 좋으면 녀석과 빠른 조우를 할 수도 있을 것 같았다.

신전 밖으로 빠져나오자 여전히 거점을 정리하는 테스터들의 모습이 눈에 들어왔다.

사정을 알고 나니 그들이 달리 보였다. 이곳의 테스터들은 적지 않은 피해를 보았음에도 불구하고 포기하지 않고 거점 복구 작업에 열을 올리고 있었다.

그런 그들을 멍하니 바라보고 있자니 문득 테스터들에게

있어 이 필드는 이미 그들의 새로운 삶의 터전이 되어버린 것 같다는 느낌이 들었다.

겨우 두 번째 필드이긴 하지만, 벌써 이곳에 적응했다고 해야 할지 아니면 돌아가는 것을 포기했다고 해야 할지 정확히 정의내릴 수 없었다.

그런 그들을 보며 창조자를 향해 달려가는 자신은 왜 저들처럼 행동하지 못하는 것인가에 대해 수많은 생각이 들어 생각이 복잡해졌지만, 이내 마음을 다잡고 대현자의 서고로 향했다.

깊이 생각하면 생각할수록 스스로에 대한 부정적인 생각만 들 것이 뻔했기 때문에 애써 관심을 돌린 것이다.

서둘러 대현자의 서고로 향하는 치호의 발걸음은 다른 때와 달리 조금은 무겁게 느껴질 뿐이었다.

*　　　　*　　　　*

거점 세비아의 분위기 때문에 감정이 다소 흔들리는 기색을 보여 치호는 의식적으로 몸을 바삐 움직였다.

이런 식으로 한 번 생각을 시작하게 되면 그 여파가 생각보다 오래간다는 것을 경험적으로 알고 있는 치호는 그런 상황을 애초에 피하려 한 것이다.

지구에서도 몇 번인가 그런 식으로 의문이 들었을 당시 처음엔 떠오르는 의문을 경계하지 않고 답을 구하고자 했다.

그 답을 구하기 위한 긴 여정을 시작하고, 여정 속에서 얻은 또 다른 의문들을 스스로에게 질문하고, 또다시 답을 구하는 과정을 몇 번 겪으니 어느새 치호의 주위로 군중이 모여들어 있었다.

모여든 이들은 치호에게 지혜를 구하고 구원을 부르짖었고, 오로지 치호만을 따르는 이들이 생기자 결국 반대 세력을 만들어 쓸데없이 귀찮은 적이 한두 번이 아니었기 때문에 또다시 그런 상황이 오지 않도록 미리 대처한 것이다.

치호가 몸을 혹사하듯 움직이자 어느새 대현자의 서고가 눈에 들어왔다. 다만 그렇게 빨리 움직였음에도 치호에게는 전투의 흔적이 없었다. 세비아에서 대현자의 서고로 오는 길은 어째서인지 괴물들이 달려들지 않아 상대적으로 편안하게 이동할 수 있었기 때문이다.

치호가 서고 근처에 도착하자 원주민들의 쳐놓은 임시 막사들이 수없이 늘어서 있어 처음 서고에 도착했을 때의 모습은 이제 찾아볼 수가 없었다.

"후… 후인께서 오셨다!"

원주민들의 영역으로 들어섰을 때 원주민 중 하나가 치호를 알아보고 크게 외쳤다. 그 외침과 동시에 원주민들의 막사는 부산하게 움직이는 기색이 보이더니 치호를 중심으로 수많은 원주민들이 구름떼처럼 몰려들어 치호 앞에 무릎을 꿇기 시작했다. 지난번 제사장들의 막사에서 회의했을 때와는 달리 다소 과한 반응에 어떻게 대응해야 할지 난감해하고 있던 찰나 저 멀리 제사장들이 헐레벌떡 뛰어오는 것이 보였다.

그 뒤로는 오그리모와의 전투에서 도움을 주었던 투사들이 줄지어 쫓아오고 있었다. 치호 주변에 몰려든 원주민들을 가르며 가장 먼저 얼굴을 드러낸 것은 아사단이었다.

"후인을 진정으로 믿지 못한 불민한 제사장 아사단이 후인께 용서를 구합니다."

아사단은 치호 앞에 서자마자 무릎을 꿇고 이마를 바닥에 처박으며 애원하듯 치호에게 용서를 구했다. 그런 아사단을 시작으로 막사 회의에서 보았던 몇몇 인물들이 아사단과 같은 행동을 취하며 용서를 구하기 시작했다.

제8장
영광의 기록서

치호는 뜬금없는 이들의 행동이 이해가 되지 않아 난감하기 짝이 없었다.

뭘 용서해 달라는 건지 알아야 용서를 하든지 말든지 할 텐데, 상황을 전혀 모르는 치호는 그들을 앞에 두고 어떻게 행동해야 할지 고민이 되었다.

그러던 차에 투사들 사이로 자히드가 보였기에 그를 부르며 물었다.

"자히드, 이들이 대체 왜 이러는 거지?"

"후인의 진정한 면모를 보고 깨달은 바가 있는 것이다."

"진정한 면모?"

자히드가 이유를 넌지시 이야기해 주었음에도 치호는 도통 이해할 수가 없었다.

진정한 면모라는 다소 황당한 소리에 다시금 자히드에게 물었다.

"무슨 의미지?"

"오그리모에서의 전투를 투사들이 각 부족에 전파했을 뿐이다. 내가 그토록 이야기할 때는 귓등으로도 듣지 않던 녀석들이 제 부족의 대표 투사가 이야기하니 믿지 않을 도리가 없었을 테지."

"아… 그런 거였나. 별 시답지 않은 걸 신경 쓰는군."

자히드가 그렇게 말하니 치호도 짚이는 것이 있었다. 지난번 막사 회의에서 그들의 태도가 떠올랐기 때문이다.

사실 그들이 후인, 후인 하면서 무릎까지 꿇으며 치호를 떠받드는 행동에 비해 막상 자신들의 생각과 반하는 의견이 나오자 치호의 의사와는 무관하게 그들의 뜻을 굽히지 않으려는 태도 말이다.

그랬기에 혼자가 아닌, 투사들을 대동한 채 오그리모를 처단하러 가야 했고, 특히 아사단의 경우에는 치호를 만류하는 행동까지 보였다.

하지만 치호가 생각했을 때 그들의 행동이 전혀 문제될 것이 없었기에 큰 의미를 두지 않고 있었는데, 이들이 이렇게 용서까지 구하는 걸 보면 그들 스스로가 굉장히 무례라고 생각했던 모양이다.

아무래도 그들은 투신 바르시의 후인이라는 것만 들었지 실제 행동하는 것을 본 적 없으니 온전히 치호를 신뢰하지 않았던 것 같았다.

그러나 오그리모를 처단하면서 투사들이 직접 치호와 행동했고, 오그리모와의 전투를 보며 느낀 것을 그대로 그들에게 전달하니 자신들의 행동에 대해 다시 한 번 생각하게 된 것 같았다. 치호는 그런 녀석들을 향해 한숨을 크게 내쉬며 말했다.

"아사단, 일어나라. 나는 너희들 위에 선 자가 아니다. 아니, 그 누구도 그럴 자격 따위는 없을 테지."

"하… 하지만 후인이여."

"그만. 더 이상의 이 일로 불편하게 만들지 마라. 일단 들어가지, 할 이야기가 많군."

치호가 생각보다 단호하게 말하자 무릎을 꿇고 용서를 빌던 이들은 어찌해야 할지 갈피를 잡지 못하는 듯 보였다.

그런 이들을 뒤로한 채 치호가 발걸음을 옮기자 그들은 움찔움찔 눈치만 보다가 결국 치호를 따르기 시작했다.

치호는 그런 이들을 보며 피식 웃고는 막사로 안내하는 자히드를 따라 움직였다.

* * *

"모두 대충 이야기는 들어서 알고 있겠지?"

"예, 지배자를 처단하는 대업을 달성하셨다는 것은 이미 알고 있습니다. 후인께서 하신 일은 길이 저희 부족의 전설로 남을 것이며……."

"됐어, 요점만 간단히 이야기하지. 아무튼 이번에 오그리모 사냥에 성공하면서 통로 개척 권한을 획득했다. 지난번 내가 말했던 것처럼 너희들을 위한 새로운 거점을 만들어주지."

치호가 쓸데없이 미사여구가 많은 제사장 베툴루의 이야기를 끊고 자신이 하고 싶은 말을 꺼내자, 막사 안의 대표들은 눈에 빛을 내가며 치호의 말에 집중하기 시작했다.

그런 그들에게 뭔가 기이한 열기가 치호에게 쏟아지는 것 같았지만 치호는 애써 그것들을 무시하며 이야기를 이어나갔다.

"내가 너희들에게 바라는 것은 오직 한 가지다. 서고를 잘 관리해 주길 바란다."

"후인이시여, 이미 자히드를 통해 전해 들었습니다. 서고는 저희가 후인을 기리며 영원히 수호할 것입니다. 하니 걱정하지 않으셔도 됩니다."

"그래, 그럼 다행이군. 노파심에서 하는 이야기지만 만약 서고 때문에 문제가 생기면 괜한 희생을 감수하지 말고 포기하도록. 알겠나?"

문득 이들이 추후 서고에 문제가 생겼을 때 후인의 유산이니 어쩌니 하면서 자신들의 목숨까지 내버리는 행동을 하지 않을까 하여 따로 언급한 것이다.

이들은 과거 거점 비달란을 잃은 것에 대해 죄책감을 느끼고 있는 듯하여 다시는 그 과오를 반복하지 않겠다고 수없이 이야기했기에, 만약 다시 비슷한 일이 생겼을 때 희생을 감수하고서라도 지키는 행동을 할까 하는 마음이 들었던 것이다.

치호의 말이 끝났을 때 그들은 머뭇거리며 대답을 회피하려 들었지만 그들의 기색을 눈치채고 집요하게 그들에게 대답을 이끌어냈다.

"후인의 뜻에 따르겠습니다. 그리고 지배자의 사체 또한 경직된 테스터들과의 관계를 푸는 중요한 열쇠가 될 것 같습니다. 후… 저희가 너무 후인에게 받기만 하는 것 같아 고개를 들 수 없습니다."

"됐다. 아무튼 도움이 되었다니 다행이군. 그럼 통로를 개척하도록 하지. 봐둔 곳이 있으면 이야기하도록."

치호는 이후에 그들과 한참이나 개척될 거점과 앞으로의

부족들이 나아갈 방향에 관해 이야기를 나누었다. 대략 그들과 이야기가 끝나자 치호는 그들을 내보내고 다음 필드에 대비해 준비하기 시작했다.

치호가 말하는 물품은 원주민들이 얼른 구해왔기에 빠르게 준비를 마칠 수 있었다. 준비가 완료되자 치호는 망설이거나 머뭇거리는 모습은 전혀 없이 대표단들과 결정한 통로를 개척할 장소로 이동했다. 그런 치호의 뒤로 수많은 원주민들이 구름떼처럼 몰려들었다.

새로운 거점을 개척하는 진귀한 광경을 구경하려는 것인지 아니면 지금이 장면을 눈에 새겨 그들의 후대에게 생생히 전하려고 하는 것인지 정확하진 않았지만, 어쨌든 치호의 주변으로 지금 이곳에 있는 원주민들이 모두 모인 것 같았다.

"그럼 거점 개척을 시작하겠다."

수많은 인파가 몰렸으나 치호의 한마디에 마치 쥐 죽은 듯 긴장감이 흘렀고, 그런 고요함 속에서 치호의 행동 하나하나를 눈에 담으려는지 원주민들은 치호의 행동에 집중하기 시작했다.

"통로 개방!"

고요한 침묵 속 치호의 한마디가 울려 퍼졌고 그 순간 빼곡하게 나무로 둘러 쌓여있던 숲속은 땅이 갈라지고 낯익은 통로가 솟구쳐 올랐다.

일전에 통로를 개방했을 때와 비슷한 광경이었기에 치호는 담담하게 받아들였으나 원주민들은 그러지 못했다. 솟아오른 통로를 보며 무릎을 꿇고 연신 기도를 올리며 치호를 부르짖는 이도 있었고 감동의 눈물을 흘리는 이도 있었다.

그런 그들의 행동과는 별개로 치호의 눈앞에는 기다리던 메시지가 떠올랐다.

〈새로운 통로를 개척한 당신. 통로 개통의 사실을 모든 테스터에게 공개하시겠습니까? 공개하면 해당 지점은 새로운 거점으로 등록되고 '영광의 기록서'에 그 이름이 올라가는 영예와 보상이 지급됩니다.〉

차분히 메시지를 다시금 확인한 치호는 크게 숨을 들이쉬고 외치듯 대답했다.

공개 범위가 어디까지 되는지 모르지만, 첫 공개였기 때문에 나름대로 긴장이 된 것이다.

"공개!"

〈공개를 선택하셨습니다. 영광의 기록서에 테스터 황치호의 직업 및 스킬이 공개됩니다. 단 보유하고 있는 히든 스킬은 공개되지 않습니다. 개방된 통로는 거점명 '치호'의 이름으로 활성화되며

곧 이동이 시작됩니다. 준비하세요.〉

[10]

[9]

카운트가 시작되자 치호는 떠오른 메시지를 차분히 읽으며 변화에 대비했다. 그때 곁에 있던 자히드가 눈에 들어와 그를 응시하며 말했다.

"후… 잠시 후 거점이 활성화될 것이다."

"후인이여……."

자히드는 곧 떠날 치호의 뒷모습을 보며 묘한 눈빛을 보낼 뿐이었다. 치호의 사정을 모르는 자히드는 치호가 떠날 채비를 할 때 몇 번이나 이 필드에 남아 부족을 이끌어 달라며 부탁했지만 모두 실패했기에 떠나는 치호가 야속하게 느껴질 뿐이었다.

하지만 치호로서는 이 갇힌 세계에 머물러 봐야 죽지 않는 자신은 또다시 외톨이가 될 것이란 것을 누구보다 잘 알고 있었다.

더욱이 이런 세계라면 치호는 원치 않아도 그들 위에 군림할 수밖에 없을 것이기에 이쯤에서 이들과 헤어지는 것이 최선의 선택이라고 판단해 자히드의 말을 거절한 것이다. 그런 치호의 마음을 알 리가 없는 자히드는 체념한 듯 치호에게 말했다.

"후인이여, 악몽의 이름을 지우는 일에 나의 남은 생을 전부 바치겠다. 그리고 서고의 지기로는 투사 필 그람이 선택되었으니 안심해도 될 것이다."

[5]

[4]

'필 그람이라… 이래서 인연이란 재미있어.'

치호는 노예로 붙잡혀 있는 필 그람을 구해줄 때를 떠올리며 피식 웃었다.

작다면 작다고 할 수 있는 인연이 발전해 서고의 지기로 선택받았다는 것이 치호의 웃음을 자아낸 것이다.

"그래, 자히드. 그럼 믿겠다."

[1]

[0]

치호가 필 그람에 대해 잠시 생각하고 자히드에게 마지막 말을 남기는 도중에도 야속한 카운트는 멈추지 않은 채 흘렀고, 그것이 끝남과 동시에 치호의 주변으로 눈부신 빛이 잠시 머물더니 이내 하늘로 솟구쳤다.

그리고 그 빛은 마치 치호를 삼켜버리듯 사라졌고, 빛이 완전히 사라졌을 때는 이미 치호의 모습 또한 원주민들 앞에서 사라져 찾을 수 없었다. 그런 모습을 보며 원주민들은 새로운 전설을 목도한 듯 감동의 물결이 흐르고 있었지만 자히드만이 다부진 표정으로 치호의 마지막 말을 잊지 않으려는 듯 곱씹으며 치호를 삼켜 버린 빛이 사라진 하늘만 바라볼 뿐이었다.

＊　　　　＊　　　　＊

"……."

지난번 필드를 이동할 때와 마찬가지로 이동은 순식간에 이루어져 치호는 어느새 세 번째 필드의 땅에 발을 디딜 수 있었다.

필드를 이동할 때면 나타나는 듯한 구토감과 현기증이 치호를 덮쳤지만 이미 예상했던 일이기에 지난번처럼 격한 반응을 보이진 않았다.

동시에 치호의 눈앞에 메시지가 마구 떠오르고 있었지만 치호는 어째서인지 딱딱하게 굳은 얼굴을 풀지 않는 것은 물론, 눈조차 뜨고 있지 않았다.

다른 때라면 재빨리 주변을 경계하고 혹시 모를 습격을 대비했을 테지만 어째서인지 치호는 메시지도 확인하지 않고 그저 망부석처럼 서서 무언가 골똘히 생각하는 것처럼 보였다.

'…분명 뭔가 있던 것 같은데.'

치호의 몸이 세 번째 필드로 이동되는 바로 그 순간 두 번째 필드로 넘어오며 경험했던 일순간의 암전이 이번에도 어김없이 시야를 가리며 덮쳐왔다.

하지만 일전에 경험했던 일이기에 전혀 당황하지 않고 현상이 끝나기를 기다리는 찰나 치호의 감각에 묘한 것이 걸렸다.

하지만 그것이 무엇인지 알아차리기도 전에 치호의 시야를 가리던 어둠이 흩어져 세 번째 필드가 모습을 드러냈고 동시에 수없이 많은 메시지가 떠오르기 시작한 것이다.

일련의 과정은 찰나에 이루어진 것이기 때문에 치호 역시 그 감각에 대해 확신할 수 없었다. 어쩌면 자히드나 다른 원주민이 보내는 시선의 감각들이 공간적으로 겹쳐지며 치호가 잘못 느꼈는지도 몰랐다.

하지만 무언가 느낀 것은 확실하기에 사라져 가는 그 감각을 놓지 않으려 애써보았지만, 야속하게도 더 이상 그 묘한 감각은 몸에 남아있지 않았다.

'광인의 영역 선포에도 걸린 것이 없다면… 아무래도 착각인 것 같군.'

어느새 눈을 뜬 치호는 세 번째 필드를 둘러보기도 전에 광인의 영역 선포 관련 메시지가 있나 찾아봤지만, 관련된 메시지가 떠 있지 않은 걸 보면 아무래도 자신이 착각한 것 같았다.

새로운 필드로 간다 생각하여 자신도 모르게 너무 예민해 있는 것 같았다. 치호는 마음을 전환하기 위해 크게 숨을 한 번 내쉰 후 떠오른 메시지들을 차분히 살폈다.

그 메시지 안에는 반가운 이름들이 간간이 눈에 띄었기에 눈빛을 빛내며 그 메시지를 차근차근 읽어내렸다.

《세 번째 테스트 필드에 도착하였습니다. 일반 테스터의 자격에서 수련 테스터로 자격이 격상됩니다.》

《해당 필드에서부터는 공개된 업적 정보가 표기됩니다. 누적 정보는 영광의 기록서를 참고해주세요.》

《새로운 통로를 개척해 필드에 도착했습니다. 개척자에서 탐색자로 격상된 자격을 부여합니다.》

《해당 필드에서부터는 일괄적으로 자격의 증명을 요구하지 않습니다. 자유롭게 행동하여 스스로 자격을 증명하세요.》

['영광의 기록서'가 인터페이스에 추가됩니다.]

필드의 변경 내용을 알리는 메시지와 함께 지금껏 수신되지 않았던 테스터들의 업적들이 하나씩 떠오르기 시작했다. 치호는 지금껏 다른 테스터들이 세운 업적 관련 내용이 떠오르지 않았던 것을 이상하게 여겼는데, 세 번째 필드에서부터 그 정보에 대한 수신이 가능한 것 같았다.

떠올라 있는 메시지를 차분히 읽어내리면서 가장 눈에 띄었던 것은 역시 '영광의 기록서' 관련 내용이었다. 아무래도 자신의 업적과 정보가 공개되었다고 하니 확인해 봐야 할 것 같았다.

더군다나 떠오르는 업적 메시지들 중 메이와 미소에 관한 것이 스치고 올라간 걸 확인하자 치호는 조금 더 자세히 알아보기 위해 망설임 없이 영광의 기록서를 불러냈다.

"영광의 기록서."

인터페이스로 추가되었다기에 영광의 기록서라고 짧게 외쳐 보니 새로운 창이 치호의 눈앞에 떠올랐다.

떠오른 창에는 수없이 많은 인물에 관한 정보가 담겨 있었고, 그중 가장 최근의 내용을 살펴보니 미소와 메이의 대한 정보를 발견할 수 있었다.

〈최미소 ― 홀로 핀 꽃〉
― 직업: 희대의 광녀

— 스킬: 아리온의 광기, 떨어진 별

— 내용: 믿었던 이들에게 수 없이 배신당하며 가시밭길을 걸었지만 불굴의 의지를 통해 철혈의 꽃을 피워냈습니다. 그 업적에 경의를 표하며 영광의 기록서에 이름을 등재합니다.

〈메이 — 집요한 추격자〉

— 직업: 해결사

— 스킬: 붕(崩), 진(進), 타(打)

— 내용: 목적을 달성했음에도 전설의 파편을 모으고 있습니다. 모두가 그녀를 비웃을 때도 그녀는 묵묵히 필드 곳곳에 존재하는 전설의 파편을 모아 온전한 전설을 발현시켰습니다. 그녀의 위대한 업적에 경의를 표하며 영광의 기록서에 이름을 등재합니다.

치호는 그들의 이름을 영광의 기록서에서 보니 묘한 기분이 들었다. 일전에 쥬드가 이 두 사람을 지칭하며 신성들이라며 치켜세우더니 정말 그런 듯 그들의 이름은 보란 듯이 '영광의 기록서'에 기록이 되어 있었다.

하지만 그들 역시 필드에서 살아가는 것이 녹록지 않은지 정보에 뜬 것들은 하나같이 정상적인 것처럼 보이지 않았다. 다소 씁쓸한 마음이 들었으나 아직 살아 있다는 것만으로도 감사한 일이라 생각했다.

그러다 문득 클레이 역시 신성으로 불릴 것이라는 것을 알고 있었기에 그의 정보를 찾아보려 했지만 아직 기록서에 등재될 만한 업적을 세우지 못했는지 기록서에 그의 정보는 없었다.

클레이에 대한 정보를 얻지 못해 아쉬움이 들었지만 다시 생각해 보니 아쉬워할 것만은 아닌 것 같았다. 녀석은 거점 도시 세비아에 불을 지르고 피해를 입힐 만큼 정신이 온전치 못한 것 같았다.

그러나 만약 그가 업적을 세웠다면 그만큼 또 다른 피해가 생긴다는 의미이기도 하니 차라리 녀석이 업적을 세우지 않는 편이 좋아 보였다. 치호는 클레이에 대해 생각을 하면서 마지막으로 자신의 정보를 찾아보았다.

〈황치호 ─ 독불장군의 행운〉

─ 직업: 진실의 탐구자

─ 스킬: 투사의 발걸음, 율리아의 전투 함성, 광인의 영역 선포

─ 내용: 스스로 정한 목표를 위해서 단 한 번도 타협하지 않는 고집쟁이입니다. 편한 길이 있음에도 군이 어려운 길을 택하여 결국 스스로 원하는 바를 이루어냈습니다. 그 과정에서 통로를 개척하는 업적을 달성해 영광의 기록서에 이름을 등재합니다.

치호는 자신의 정보를 찾아 읽었을 때 독불장군의 행운이라는 이름이 약간 거슬리는 데다가 업적 내용에는 경의를 표한다는 문구가 없어 조금 아쉽기는 했으나 크게 신경 쓸 일은 아닌 것 같았다.

그러나 그런 것들보다 생각 외로 많은 내용의 정보가 흘러나가지는 않은 것 같아 마음에 들었다. 더욱 다행인 것은 히든 스킬은 등재되지 않아 밑천까지 탈탈 털리는 일은 없을 것 같아 마음이 놓였다.

'좋아, 이 정도라면 괜찮군. 그런데 이건 무슨?'

〈업적을 공개하였기에 보상을 획득하였습니다.〉
〈영광의 코인(1)을 획득하였습니다.〉

메시지의 마지막 줄을 확인하자 업적을 공개함으로 보상을 획득했다는 메시지가 떠올라 있었기에 치호는 얼른 인벤토리를 열어 확인했으나 의문만 깊어져 갈 뿐이었다.

〈영광의 코인(소비) — 1개〉

— 효과: —
— 내용: 영광의 기록서에 등재되어 있는 이들만 소유할 수 있는

코인입니다. 특별한 효과는 없으나 기념품으로도 제격일 뿐만 아니라 추후 입장료로 사용 가능합니다.

보상이라기에 뭔가 장비 아이템을 기대했던 치호는 예상과 달리 아무 쓸모없는 기념품 따위가 보상으로 나오자 순간 어이가 없었지만 뭔가 나중에 입장료로 쓸 수 있다고 하니 일단 보관하기로 했다.

하지만 전혀 도움도 되지 않는 보상을 보고 치호는 다음부터 업적을 공개하지 않아야겠다고 생각했다.

얼추 메시지에 대한 정리가 끝날 무렵 치호의 이마에서 땀방울 하나가 툭하고 떨어져 내렸다. 아까부터 내리쬐는 태양 빛이 거슬렸지만 메시지에 정신이 팔려 제대로 신경 쓰지 못했던 주변 경관이 그제야 치호의 눈에 들어오기 시작했다.

'후… 이번엔 사막인 건가. 녹록지 않겠어.'

치호의 눈앞에 펼쳐진 광경은 끝없이 펼쳐진 모래의 바다였다. 만약 아무런 준비 없이 보통의 테스터가 이런 곳에 뚝 떨어졌다면 절망했을지도 모르지만, 치호는 전혀 당황하지 않고 인터페이스를 통해 지도를 펼쳤다.

'과연… 마음에 들어.'

지도를 펼치자 치호의 예상대로 가장 가까운 거점이 표기

되어 있었다. 거리가 얼마 멀지 않은 것 같으니 서둘러 움직이면 식량이 떨어지기 전에 여유롭게 도착할 수 있을 것 같다.

목표도 정해졌기에 치호는 망설이지 않고 거점을 향해 출발했다. 하지만 출발한지 얼마 되지도 않아 내리쬐는 태양빛이 치호의 방어구들을 달구었고, 치호는 참을 수 없는 더위에 기운이 빠지기 시작했다. 온몸에서는 땀이 흘러내리기 시작했고 무자비한 태양빛 아래 치호의 피부는 천천히 익어가고 있었다.

'금속 방어구라도 벗어야 하나……'

마음 같아서는 얼른 방어구를 벗어 던지고 싶었으나 아직 이곳의 괴물들을 만나지 못했기에 섣불리 방어구를 벗어버릴 수는 없어 고민을 하기 시작했다. 하지만 그 고민은 오래가지 못하고 치호는 검을 빼들 수밖에 없었다.

[시전자의 기량에 미치지 않는 15개체 감지되었습니다. 제거 대상으로 등록하시겠습니까?]

"등록."

메시지가 떠오르자 망설일 것도 없이 등록을 외쳤고 뭔가가 다가오기만을 기다렸다. 하지만 치호의 시야에 들어오는 것은 바람에 흩날리는 모래뿐, 딱히 적들이 보이지는 않았다.

긴장된 침묵 속에 녀석을 찾았지만 여전히 놈들은 보이지 않았다. 분명 감각에 걸리는 것들이 자신을 향해 다가오고 있는 게 확실한데 눈에 보이지 않자 답답함만이 가중될 무렵, 치호의 발 아래로 하나의 거대한 집게발 하나가 튀어나왔다.

쓰칵.

그 거대한 집게발은 소름끼치는 절삭음을 내었지만 치호는 예상이라도 한 듯 펄쩍 뛰며 녀석들의 공격을 가볍게 피해내기 시작했다.

키에엑!

괴물들은 기습적 공격이 실패하자 더 이상 숨어서 공격하는 것은 의미가 없다는 걸 깨달았는지 모래 속에서 솟구쳐 나와 기묘한 울음을 토해내며 거대한 몸뚱이를 드러냈다.

녀석들의 모습은 마치 전갈처럼 생겼으나 몸통이 훨씬 넓고 집게발 또한 4쌍이나 가지고 있었다. 게다가 위협적으로 보이는 꼬리의 독침은 치호를 경계하게 만들기 충분했다.

그것에 더불어 그 크기 또한 5m는 되어 보였기에 치호는 괴물들에 집중하며 녀석들의 움직임을 관찰했다.

"후… 투사의 발걸음!"

괴물들의 공격을 피해내며 움직임에 대한 관찰이 어느 정도 끝났는지 치호는 투사의 발걸음을 외치며 스킬을 발동했다. 발동된 투사의 발걸음은 순식간에 녀석들과의 거리를 좁혔고 치호는 재빨리 녀석의 등에 올라탔다.

"흡!"

괴물의 등에 올라타자 놈은 꼬리를 이용해 치호를 떨어뜨리려 마구 휘둘렀지만, 그런 공격은 가뿐히 피해내며 일순의 망설임도 없이 머리 부분을 향해 검을 휘두르기 시작했다.

아무리 머리 부분이라도 단단한 껍질로 둘러싸여 있는 놈들에게 검 따위는 통하지 않을 것처럼 보였으나, 치호의 파멸의 조각 앞에 괴물의 단단한 껍질은 없는 것이나 마찬가지였다.

쓰컥.

키에엑!

〈투클로를 처치했습니다.〉
〈경험치 1525을 획득하였습니다.〉
〈25실버 15브론을 획득하였습니다.〉

치호가 휘두른 파멸의 조각과 투사의 발걸음이 만들어내는 검은 불길은 투클로의 몸을 불태워 흡수하기 시작했고 마지막으로 치호의 일격은 녀석의 숨통을 끊어놓기 충분했다.

'통하는군. 빨리 끝내야겠어.'

투클로의 등장은 다소 위협적이었지만 치호의 압도적인 스테이터스와 스킬 앞에서는 반항조차 제대로 하지 못하고 검은 재로 변해 흩어지고 있었다.

지금 치호의 머릿속에는 오로지 전투를 빨리 끝내고 더위를 피하고 싶은 마음밖에 없었다.

＊　　　　＊　　　　＊

키에엑.

〈투클로를 처치했습니다.〉
〈경험치 1505을 획득하였습니다.〉
〈24실버 75브론을 획득하였습니다.〉

'후… 끝이군.'

마지막 녀석이 쓰러졌을 때 치호의 주변에는 아직 완전히 사라지지 않은 투클로의 사체가 여기저기 널브러져 있었다.

혼자서 저 거대한 것들을 동시에 15마리나 상대했다고 하면 아무도 믿어주지 않을지 모르지만 현재 치호에게는 그다지 힘든 일이 아니었다.

치호가 흩날리는 녀석들의 사체를 멍하니 바라보다가 다시금 거점을 향해 이동하려는 순간, 느닷없이 하늘에서부터 한 줄기 빛이 떨어져 내려 치호의 앞을 환하게 비추었다.

마치 그 모습은 치호가 필드를 넘어올 때와 비슷했으나 그 규모는 좀 더 작았다. 하지만 기이한 현상이기에 바짝 긴장하며 파멸의 조각에 다시금 손을 올렸다.

'가지가지 하는군.'

전투가 끝난 지 얼마 되지도 않았는데 연속적으로 이런 일이 일어나니 심력 소모가 심했다. 거기에 계속되는 더위 때문에 치호는 이미 온몸이 땀에 절어 있는 데다 그저 서 있는 것만으로도 체력이 고갈되는 것만 같아 짜증이 치밀어 오르기 시작했다.

얼마간의 시간이 지나 하늘에서 떨어진 빛은 점차 희미해졌고, 그 빛이 모두 사라졌을 때 한 사람의 인영이 치호 앞에 모습을 드러냈다.

그는 이 미칠 듯한 더위에도 전혀 상관없다는 듯 금속으로 된 갑옷을 완전 무장하고 투구까지 착용하고 있었다. 그럼에도 불구하고 한 점 흐트러짐 없어 보이는 그의 모습은 치호에게 강렬한 인상을 심어주기 충분했다.

갑작스레 나타난 그를 한껏 경계할 때 그가 투구를 벗으며 말했다.

"황치호… 맞지?"

제9장
길드 루바론

빛과 함께 나타난 사내는 금발의 머리를 가졌으나, 그런 머리의 색보다도 관록이 묻어나오는 그의 얼굴과 눈빛이 치호에게 좋은 인상을 심어주기 충분했다. 하지만 정체를 알 수 없었기에 그를 경계하며 물었다.

"너 뭐야."

다소 퉁명스러운 물음이었으나 금발의 사내는 그런 것 따위는 전혀 신경도 쓰지 않고 주위의 널브러져 있는 투클로의 사체를 천천히 살필 뿐이었다.

"과연 영광의 기록서에 등재될 만하군. 반갑다, 난 거점 루바론을 책임지고 있는 길드장 일리야 레핀이다."

"길드장 레핀?"

"그래, 세 번째 필드에 이제 도착했을 테니 아직 길드 개념은 익숙지 않겠군. 이곳에서는 거점 내에 길드를 만들어 서로 도우며 살아가고 있다. 이전의 필드같은 무법 지대를 방지하고 사람답게 살기 위해서지."

레핀이란 녀석의 말을 들어보니 세 번째 필드에서부터는 거점을 중심으로 뭉쳐 일종의 세력을 형성한 것 같았다.

어쩌면 인간끼리 뭉쳐 있는 곳이라면 자연스럽게 나타날 일이었다.

오히려 늦은 감이 있었지만 세 번째 필드에서부터는 각 거점을 길드가 장악하고 있는 것 같았다.

"그렇군, 길드란 것이 형성된 모양이긴 한데… 나한테는 무슨 볼일이지? 내 이름은 어떻게 알고?"

치호는 녀석이 자신의 이름을 알고 있는 것도 그렇고, 세 번째 필드에 온 지 얼마 되지도 않았는데 자신이 있는 곳을 찾아왔다는 것도 마음에 걸려 질문을 하며 녀석에게 셀렌의 안목을 발동시켰다.

'셀렌의 안목.'

〈기량이 상대보다 높아 셀렌의 안목이 발동됩니다.〉

스킬이 발동되어 떠오른 정보를 읽어 내리자 레핀에 대한 약간의 의문을 풀 수 있었다.

'공간 도약이라… 스킬이었군.'

레핀은 스킬을 사용해 자신이 있는 곳까지 이동해 온 것 같았다.

아주 효과가 좋은 스킬 같았으나 세부 조건을 알 수 없었기에 속단하기 일렀다.

하지만 이 정도 스킬이 있으니 한 거점을 책임지는 길드장의 자리에 오를 수 있었던 것은 틀림없다.

게다가 레핀에게서 느껴지는 기운 또한 만만치 않았기에 실력 또한 쉽게 봐서는 안 될 것 같았다.

"하하. 치호, 너무 경계할 필요 없다. 싸우러 온 게 아니니. 일단 이것부터 받지, 땀을 그렇게 흘리는 걸 보니 내가 다 더워지는군."

레핀은 치호의 물음에는 대답하지 않고 뭔가를 치호에게 던졌다.

치호는 일순 그것을 그대로 베어버릴까 생각했지만 물건을 건네는 녀석에게 살기가 느껴지지 않아 일단 받아보기로 했다.

〈상티의 항상(소비) ─ 1개〉

─ 효과: 한 시간 동안 냉기를 뿜어냅니다.

─ 내용: 열사의 대지에서 더위를 참지 못한 상티가 만든 간이 온도 조절 도구.

치호가 받아든 것은 작은 큐브처럼 생겼으나 떠오른 내용은 반갑기 그지없었다.

메시지를 다 읽자 레핀은 치호를 보며 다시금 말했다.

"큐브를 돌리고 착용 중인 갑옷 안에다 넣으면 된다. 이런 더위 속에서는 반드시 필요한 도구지."

어쩐지 녀석이 땀을 한 방울도 흘리지 않기에 수상했는데 이런 아이템이 있었던 모양이다.

이번에도 상점 수정에 뭔가 추가된 물품이 있는 것 같았다.

치호는 녀석이 말해준 대로 아이템을 발동시켜 귀면갑 안에 넣자 시원한 냉기가 온몸에 감도는 듯한 느낌이 들더니 달아오른 치호의 체온을 빠르게 식혀주었다.

"후, 이제야 좀 살겠군."

"더위도 어느 정도 식혔을 테니… 슬슬 본론을 이야기하자면, 난 치호 널 영입하러 왔다."

"영입?"

치호는 다소 황당한 말에 녀석의 말을 계속해서 들어보기로 했다.

아직 주어진 단서가 많지 않아 판단하기가 어려웠기 때문이다.

"그런 표정을 짓는 것도 이해간다. 이전 필드에서는 이런 경우가 드물었을 테니. 하지만 아까도 얘기했듯 세 번째 필드는 길드를 중심으로 운영되고 이전과는 다르게 거점간의 교류도 활발하게 이루어지고 있다."

"음… 그것과 영입이 무슨 상관이 있지?"

"한마디로 인재가 부족하기 때문이다. 길드는 점점 커져가는데 쓸 만한 인재는 점점 찾기 힘들어질 수밖에 없지. 아무래도 길드에서 두각을 보인 녀석들은 다음 필드를 향해 나아가려는 경향이 크고, 그들을 막는 것 또한 이치에 맞지 않는 것이니까… 해서 쓸 만한 인재는 점차 줄어드는 반면 관리해야할 것들은 많아지니 우리는 항상 인재에 목마를 수밖에. 게다가 가끔 나오는 정신 나간 놈들을 처리하려면 이쪽도 무력이 절실히 필요한 상황이다."

치호는 레핀의 이야기를 들으니 대충 어떤 상황인지 파악이 되었다.

자세한 것은 직접 부딪히며 알아가 봐야 할 테지만, 일단은 녀석이 찾아온 이유는 납득이 되었다.

"대충 어떤 상황인지 알겠군. 그런데 날 어떻게 찾아온 거지? 난 이곳에 도착한지 얼마 되지도 않았는데 말이야."

"영광의 기록서. 그거면 설명이 충분하겠군."

"아… 기록서."

"그렇다. 우리 길드가 관리하는 거점이 이 근처에 있는데, 업적 메시지가 뜨는 순간 멀리에서 빛의 기둥이 보이더군. 그러니 앞뒤 잴 것도 없이 바로 달려온 것이다."

거기까지 들으니 녀석에 대한 의문이 풀렸다. 아무래도 레핀이 관리하고 있는 거점 루바론이 지금 치호가 향하고 있는 곳의 거점인 것 같았다.

치호는 의문이 풀렸지만 녀석에 대해 좀 더 물으며 대화를 이어나갔다.

셀렌의 안목으로 녀석의 이동 수단에 관한 것도 이미 알고 있지만 한번 짚고 넘어가지 않으면 치호가 가진 스킬에 대해 단서를 제공하는 꼴이니 녀석의 이동 수단 또한 물어봤다.

한데 생각과 달리 레핀은 적당한 선에서 잘 대답해 주었고 그와 더불어 푸념하듯이 말했다.

"…사실 길드장인 내가 직접 오는 일은 드물다. 보통은 인솔자들이 알아서 처리할 일이지. 하지만 넌 기록서에 등재되기도 했고… 어떤 녀석인지 검증이 되질 않았으니 인솔자들만 보내기는 다소 위험하거든. 뭐… 인재 영입이란 것도 다른 길드가 채워가는 걸 보고만 있을 수는 없으니 겸사겸사 찾아온 거지."

"그랬군. 하지만 영입에 대한 것은 거절. 아직 필드를 경험해 보지 못해서 네 말만 듣고 결정하긴 어렵군."

"그럴 것이라 예상했다. 나도 이 자리에서 결정을 보려는 건 아니니. 하지만 다른 길드에 들기 전에 가장 먼저 우리 길드를 생각해 줬으면 좋겠다."

레핀 역시 치호의 마음을 잘 아는지 쉽게 수긍했다. 사실 녀석도 영입이 목적이라기보다 치호를 파악하려는 데 더 큰 목적이 있던 것 같았다.

자신의 거점 근처에 무시할 수 없을 만한 무력을 갖춘 이가 나타났으니 그놈이 온전한 정신을 가졌는지 아닌지 파악을 해 두려는 속셈이 더 큰 것 같았다.

"일단 우리 거점까지 데려다주지. 내 어깨에 손을 올려라. 한 명 정도는 같이 이동할 수 있으니 같이 가지."

녀석은 치호와의 대화에서 어떤 확신을 가졌는지 치호에게 선선히 등을 내주었다.

다소 위험한 행동이긴 하지만 녀석은 치호가 마음에 들었는지 좋은 인상을 심어주기 위해서 안간힘을 쓰는 것 같았다.

주변에 널브러진 투클로의 사체를 봤을 때 무력은 이미 중

명된 것이나 마찬가지고, 대화를 통해 알아본 치호는 최소한 살인광이나 미친놈은 아닌 것으로 판단한 것 같아 미리 좋은 인상을 심어두어 나중에 어떻게든 영입을 꾀하려는 속셈인 것 같았다.

치호 역시 어느 정도 그의 의도를 파악하고 있었지만 굳이 그런 호의를 거절할 필요 없기에 녀석의 어깨에 손을 올렸다.

더욱이 〈상티의 항상〉이라는 아이템의 효과를 몰랐으면 그 냥 혼자 길을 찾아가는 선택지도 고려했겠지만, 이미 그 효과 를 알아버린 이상 다시금 이 더위 속에서 이동하는 건 생각하 기 싫었다.

"좋아, 그럼 출발하지. 너무 순식간이라 내게 환상 계열 스 킬이라도 시전한 게 아니냐고 묻지 마라. 하하."

녀석은 뭐가 그리도 좋은지 웃으며 치호에게 농담 섞인 말 을 건넸다.

하지만 치호가 딱히 별다른 대꾸가 없자 흥이 식었다는 듯 진지하게 스킬을 외쳐 발동시켰다.

"아티반의 공간 도약!"

녀석의 말이 떨어지기 무섭게 눈부신 빛이 치호와 레핀을 감쌌고, 동시에 뭔가 몸을 끌어당기는 듯한 느낌이 들었으나 이내 점차 빛이 사그라지더니 주위의 새로운 풍경이 눈에 들 어오기 시작했다.

레핀의 말처럼 정말 순식간에 주변 풍경이 바뀌었고 필드를 이동할 때처럼 현기증과 구토감이 밀려왔지만 필드의 이동보다는 약해서 충분히 티내지 않고도 참을 만했다.

그런 치호를 신기하다는 듯이 바라보며 레핀이 말했다.

"거점 루바론에 온 걸 환영한다. 뭐… 내 역할은 일단 여기까지고, 행여 길드에 관심이 생긴다면 길드 사무소로 오도록 해. 내가 미리 일러 둘 테니 네 이름을 말하면 내게 인도해 줄 거다."

"고맙군. 시간을 벌었어. 일단 상점부터 들러야겠군. 〈상티의 향상〉을 구매하려면 말이야."

"하하. 그게 없으면 정말 버티기 힘들지. 아무튼 건투를 빌지."

레핀은 그렇게 말하며 점점 멀어져 갔고, 치호는 거점 루바론의 새로운 광경을 눈에 담았다.

"후… 여기가 거점 루바론인가."

＊   ＊   ＊

치호의 눈에 들어온 루바론의 모습은 예상과는 전혀 달랐다.

분명 사막이 광활하게 펼쳐져 있어 자원을 구하기가 쉽지 않아 그렇게 발전된 거점은 아닐 것이라 예상했는데, 그런 예상은 보기 좋게 빗나가고 말았다.

'여긴 어째 더 발전된 것 같군. 이게 길드의 힘인가?'

거점을 돌아다니며 천천히 둘러본 거점의 모습은 판잣집이나 통나무집을 넘어 이번 거점에서는 모래 같은 자원이 많아서인지 제대로 모습을 갖춘 시멘트류로 집을 지은 것 같았다.

하지만 완벽한 시멘트는 아니었는지 그 견고함은 다소 떨어져 보였다.

그래도 이런 것들이 모습을 보였다는 것 자체로도 의미가 있었다.

건물들도 단층을 넘어 간간히 복층 이상의 건물도 눈에 띄었으니 어느 정도 강도는 보장이 된 건축재인 것 같았다.

하지만 그 이상은 굳이 지을 필요가 없어서인지 높은 건물은 보이지 않았다.

치호는 생각 외로 발달되어 있는 거점을 보며 어쩌면 길드의 역할이 단순히 거점을 보호하는 것을 넘어 그들이 가진 지식을 한데 모아 서로 협력하게 만드는 것 같았다.

이러니저러니 해도 그들 역시 현대에서 살던 이들이기 때문에 여건만 갖추어 지면 발전은 순식간인 것 같았다.

'게다가 사람들 표정도 좋고… 이정도면 레핀 녀석이 꽤나 잘 관리한 것 같은데, 다른 거점도 한번 둘러보고 싶군.'

거점 도시 루바론의 모습은 현대 도시에 근접한 수준은 아니지만 그래도 생각보다 깔끔하고 최소한 시골 마을 정도는 충분히 뛰어넘는 발전도를 자랑하고 있었다.

혹여 사람들을 강제로 일하게 만들어 도시를 발전시킨 것이 아닌가 싶었으나 지나는 사람들의 면면이 밝아 보이는 것이 강제적인 발전은 아닌 듯했다.

그런 거점 도시 루바론의 모습을 천천히 감상하며 상점가를 찾아 나설 때 저 멀리 낯익은 얼굴이 보였다.

"참… 인연이라면 인연이군."

치호의 눈에 들어온 것은 마을 곳곳을 누비며 사람들과 대화를 나누고 있는 유대진의 모습이었다.

그런 녀석을 멀리서 바라보며 문득 유대진과 가장 깊은 인연이 있는 건 아닐까 생각했다.

그렇게 큰 인연의 고리는 아닐지 몰라도 벌써 세 번이나 녀석과 마주한 것이다. 그것도 필드를 넘나들면서.

치호는 이런 우연한 마주침이 재미있다는 듯 천천히 유대진을 향해 걸어갔다.

치호는 유대진과 거점의 주민처럼 보이는 이와의 대화가 선명히 들리는 거리까지 들어와 유대진이 하는 양을 지켜보았지만, 그는 치호의 노골적인 시선을 눈치채기는커녕 거점 주민을 살살 달래기 바쁜지 전혀 알아채지 못하고 있었다.

"거참, 속고만 살았나. 나한테는 얘기해도 된다니까 그러네? 자자, 뭘 망설여. 그래서 테피롯 길드하고는 어찌 된다는 건데? 응?"

"흠… 이걸 말해도 되나 몰라."

"어허, 나 필드 자물통 유대진이야. 걱정 말고 말해봐. 행여 내가……."

처음에는 그 둘과의 대화를 방해하고 싶지 않아 기다리려고 했으나 시간이 지날수록 별 쓸데없는 이야기만 나누고 있기에 유대진의 등 뒤로 다가가 그의 어깨를 툭툭 쳤다. 치호는 어깨를 두드리며 나지막이 한숨을 쉬었다.

두 번째 필드에서 자신에게 그렇게 당하고도 여전히 긴장감 없이 이렇게나 쉽게 등을 내주는 것을 보면 이 녀석도 아직 정신을 제대로 차린 것 같지 않았다.

아니, 오히려 이런 녀석이 어떻게 세 번째 필드까지 이렇게 빨리 올라올 수 있었던 것인지가 더 궁금해지기 시작했다.

치호가 어깨를 두드리자 유대진은 귀찮다는 듯 뒤를 돌아보며 말했다.

"아니, 누가 형님들 말씀하시는 데 끼어드……."

"필드 자물통인건 또 내가 몰랐네?"

"왐마! 깜짝이야!"

유대진은 치호를 귀신인 것 마냥 경기를 일으키며 알 수 없는 소리를 질렀다.

그러면서도 슬금슬금 뒷걸음질을 치고 있었고, 그런 유대진을 보며 치호가 피식 웃으며 말했다.

"뭘 그리 놀라? 잘 지냈어?"

"으으… 너… 너 왜 날 따라다녀!"

"따라오긴, 너야말로 같은 나라 사람끼리 이러면 섭하지. 안 그래?"

치호는 농담을 섞어가며 대진에게 말했으나 대진은 지난번 죽음의 서약을 강제로 써야 했던 것이 여간 깊은 트라우마로 남았던 것이 아닌지 치호를 피하려고만 했다.

그런 대진의 태도를 보고 거점 주민은 황급히 자리를 떴다. 아무래도 귀찮은 일이 일어날 것 같아 서둘러 자리를 피한 것이다.

"어… 어? 이봐, 그냥 가면 어떻게 해! 말은 해주고 가야지!"

치호는 녀석의 한결같은 태도를 보고 한숨을 쉬었다. 지난번에 분명 호기심 좀 적당히 채우라는 말을 했음에도 불구하고, 여전히 변하지 않은 듯한 모습이었다.

그래도 대진을 보고 있자니 세 번째 필드에 대해 잘 알고 있을 것 같은 생각이 들었다.

자신보다 먼저 이곳에 온 것은 물론이고 저렇게 호기심이 많으니 뭘 알아도 훨씬 자세히 알 것이다.

어차피 자신도 이곳에 대해 알아봐야 했는데, 때마침 대진을 만난 김에 그에게 궁금한 것을 물어보면 될 것 같다고 생각했다.

"뭐, 오랜만에 만났는데 그냥 보내는 것도 그러니까 밥이나 한 끼 하자고. 나도 오랜만에 제대로 된 음식 좀 먹어보자. 뭐 잘 아는데 있어?"

"아니… 그냥 서로 갈 길 가자고, 굳이……."

"지난번 일 때문에 내가 너무 미안해서 그러지. 따라와."

치호는 마치 누군가에게 쫓기는 듯 자꾸만 주변의 눈치를 보며 자신과 멀어지려는 녀석을 붙잡아 결국 식당까지 안내하게 만들었다.

거의 반 강제적인 치호의 강권을 물리치지 못한 대진의 표정은 마치 똥이라도 씹은 듯 구겨져 있었으나, 치호로서는 그에게 물을 것이 많았기에 어쩔 수 없었다.

특히 클레이이 대해서 물어야 할 것이 있었으니까.

*　　　　　*　　　　　*

"음식 나왔습니다, 맛있게 드십쇼!"

치호는 오랜만에 먹는 제대로 된 음식이기에 푸짐하게 시켰다.

요즘은 매번 노숙하거나 막사에서 대충 챙겨 먹느라 건조 식량밖에 먹지 못했는데 이렇게 윤기가 잘잘 흐르는 음식을 보니 간만에 식욕이 돋았다.

"먹지, 너도 그렇게 얼어 있을 필요 없어. 뭐 간단하게 몇 가지만 물어볼게."

"으… 내가 이럴 줄 알았어! 내가 이래봬도 필드에 자물통이야! 함부로 입을 놀릴 것 같아?"

"그래? 그런 건 또 내가 몰랐지. 그런데 말이야, 지난번에 네가 말을 좀 미흡하게 한 게 있던 것 같아서 말이야."

"그거 무슨… 난 내가 알고 있는 건 다 말해줬잖아!"

대진이 발악하듯이 말하자 치호는 대진에게 지난번 맺었던 죽음의 서약에 대한 내용을 천천히 읊었다.

"조건 두 번째, 대진은 치호에게 클레이에 관해 알고 있는 사실을 거짓 없이 이야기한다. 아직 유효하지 이거?"

"그게 뭐! 난 그때 알고 있는 거 다 얘기했다니까?"

"그래서 지금도 그래?"

"……."

마지막 치호의 말에 대진은 아무 말도 못하고 그저 꿀 먹은 벙어리처럼 입을 닫을 뿐이었다.

그런 대진의 태도를 보며 빙글빙글 웃으며 말했다.

"너 예상하고 있는 게 있지? 녀석의 힘에 대해. 분명 퀘스트
어쩌고 했으니 거기서 뭔가 얻은 것 아니야. 넌 그게 뭔지 알
테고."

"곤란한데… 이거."

대진이 망설이는 기색을 보이자 치호는 천천히 대답을 기다
리며 아무렇지 않은 듯 음식을 먹기 시작했다. 시간은 많으니
천천히 음식을 즐겼다.

오랜만에 즐겨보는 간만의 여유였기 때문에 치호는 마음이
편했다.

더군다나 가게 안은 마치 현대의 에어컨이라도 컨 것처럼
시원한 것이 식사하기에는 더 없이 쾌적한 환경을 제공하고
있었기에 급할 게 없었다.

치호가 식사를 하며 녀석의 말을 기다릴 때 녀석도 그런 치
호를 보며 될 대로 되라는 듯 말했다.

"염병, 클레이 놈하고 괜히 얽혔다가 고생만 지지리도 하네,
증말. 에이, 나도 모르겠다! 일단 먹고 얘기하자고."

대진은 치호가 먹는 모습이 맛있어 보였는지 며칠은 굶은
것처럼 음식을 먹기 시작했다.

세 번째 필드까지 올라온 녀석이 돈이 없어 음식을 못 먹

은 것은 아닐 테고 하여튼 종잡을 수 없는 녀석이었다.

*   *   *

"꺼억. 간만에 배부르게 잘 먹었네, 휴."

대진은 만족스러운 식사였는지 배를 두드리며 이를 쑤시기 시작했다. 치호가 그런 녀석에게 물었다.

"너 말이야, 이전 필드에 한동안은 머물 것처럼 행동하더니 어쩌다가 나보다 더 빨리 이쪽으로 넘어온 거야?"

"이게 다 클레이 놈 때문이지, 제길. 이래서 사람은 가려서 사귀어야 하는 건데."

"클레이?"

치호의 물음에 대진은 슬쩍 주변을 살피며 조심스럽게 말했다.

"그 왜, 그놈이 티벨론에서 미친 짓하는 바람에 여신의 교단 놈들이 아주 눈이 뒤집혔더라고. 난 거기 신도가 그렇게 많은지 처음 알았다니까? 다들 어디 숨어 있었던 건지, 나 원."

"교단? 그것하고 너랑 무슨 상관인데?"

"상관이 꼭 있어야 되나? 일전에 클레이랑 같이 다녔던 걸 트집 잡아서 날 아주 껍데기까지 벗기려고 하더라고. 녀석의 다음 목표가 어디냐고 말이야, 한데 내가 그걸 어찌 알아? 모른다고 해도 말이 통해야지, 그래서 뭐 별수 있나 도망치는 수밖에."

대진의 말을 들어보니 녀석이 겪은 고초도 보통은 아닌 것 같았다.

여신의 교단에서는 클레이가 그런 분탕질을 치고 도망쳤으니 그와 관련된 주변 인물부터 모조리 훑고 있는 중인 것 같았다.

역시 치호의 예상대로 교단은 생각 이상의 저력을 가지고 있는 것 같았다.

"그랬군. 고생이 많았겠어, 그래서 바로 넘어온 거야?"

"후… 하여간 내가 그놈이 그 퀘스트 시도한다고 할 때부터 뭔가 기분이 찜찜했다니까. 그때 갈라서길 잘했지."

"확실히 녀석이 티벨론에서 힘을 쓸 수 있던 것과 관련이 있는 건가?"

"그래, 시간상 다른 걸 할 여유가 없었을 테니 틀림없어."

슬슬 치호가 궁금해 하는 부분이 녀석에 입에서 흘러나왔다.

대진은 치호가 관심을 가지기 시작하자 흥이 오르기 시작했는지 허리를 당겨 자세를 고쳐 잡고 말했다.

"일전에 녀석이 슬슬 미쳐 간다는 것까지는 얘기했지? 아

무렇지 않은 척해도 이런 곳에서 살아간다는 게 우리들한테
는… 그렇잖아? 그래서 녀석은 끊임없이 돌아갈 방법을 찾던
중 격에 집착하기 시작했지."

"격?"

"그래, 처음 이곳에 왔을 때 기억나? 격에 따라서 원래 세계
로 돌아갈 수도 있다는 말."

처음 이곳에 떨어졌을 때 정신이 없었지만 대진의 말대로
그런 소리를 들었던 것도 같기에 치호는 고개를 끄덕이며 이
어지는 대진의 말에 귀를 기울였다.

"해서 녀석은 격을 높일 방법을 찾기 시작했거든. 우리도
돌아갈 방법을 찾는 것이니 협력했고… 그런데 클레이가 느닷
없이 연계 퀘스트니 어쩌니 하며 티벨론에서 얼마 떨어지지
않은 곳에 살해당한 신의……."

"잠깐."

"아, 거참. 중요한 부분인데 또 왜?"

치호는 급작스럽게 대진의 말을 끊었다. 대진으로써는 치호
가 황당하기 그지없었다.

자신이 물어놓고 막상 말해주려니 말을 끊어 먹는 행동을
하는 치호의 의도를 파악할 수 없기에 약간 짜증이 난 것 같
은 표정을 지었다.

치호는 그런 대진의 표정과는 관계없이 없이 허리춤의 파멸

의 조각에 손을 올리며 말했다.

"이거… 밥 먹으러 왔는데 남에 이야기에 관심을 두는 분들이 왜 이렇게 많으실까? 왜 밥들이 맛이 없어?"

"음? 치호, 그게 무슨 소리야?"

뜬금없는 말에 대진은 연신 치호를 부르며 불안한 기색을 내비쳤지만, 치호는 그런 대진과는 무관하게 파멸의 조각에 올려둔 손을 내릴 생각 따윈 전혀 없는지 이어서 말했다.

"각자 식사들 하셔. 우린 나가 볼 테니. 쓸데없이 서로 간에 힘 빼지 말자고."

치호는 그렇게 선언하듯 말하고 천천히 자리에서 일어났다. 동시에 대진에게 슬쩍 눈치를 주자 대진도 뭔가 심상치 않게 돌아간다는 것을 감지했는지 조용히 일어나 치호를 따라나서려는 찰나 식당 한 구석에서 중저음의 목소리 하나가 들려왔다.

"어이, 칼 자랑하는 놈, 넌 가도 돼. 근데 그 뒤에 쥐새끼 같은 놈은 놓고 가야지?"

정체를 알 수 없는 중저음의 목소리 하나가 들리자 식당안의 모든 인원이 치호와 대진에게 시선이 쏠렸다.

그리고 모두 각자의 병장기에 손을 올리는 걸 보니 그들은 모조리 한 패인 것 같았다.

"대진, 여기 자주 와본 것 아니었나?"

"아니… 꼭 그런 건. 아무튼 너희들 뭐야! 어?"

대진이 소리치자 구석에서 목소리의 주인이 천천히 걸어 나왔다.

녀석은 백발의 머리를 가졌다는 것 빼고는 별 특이한 점이 없어 보이는 외모였다.

오히려 약간은 호리호리해 보이는 게 유약해 보이는 인상을 가진 사내였으나, 이곳에 모인 이들이 그의 명령만을 기다리는 듯한 태도를 보면 쉽게 봐서는 안 될 인물 같았다.

"내 소개가 늦었군, 난 제3 필드 여신의 교단 소속 그림자 사제 중 하나인 쉐이퍼다. 반갑군."

"교단?"

"이런, 젠장!"

와장창!

쉐이퍼의 소개가 끝나기 무섭게 대진은 식탁을 그대로 뒤엎으며 출구를 향해 냅다 달렸다.

하지만 교단 녀석들이 대진의 행로를 이미 예상했는지 막아섰고, 출구가 막힌 대진은 주춤거리며 다른 탈출구를 찾았지만 녀석들이 이미 선점하고 있어 빠져나갈 구멍은 보이지 않았다.

상황이 그쯤 되자 대진은 연신 죽었다느니 망했다느니 하는 소리를 중얼거리면서 식은땀을 비 오듯 흘리기 시작했다.

대진의 곧 죽을 것 같은 표정을 보며 치호는 상황과 어울리지 않게 피식 웃고는 쉐이퍼에게 말했다.

"호오, 교단? 그런데 이건 안 보이나 봐?"

『불사의 테스터』 4권에 계속…

초대형 24시 만화방

신간 100%, 샤워실, 흡연실, 수면실(침대석), 커플석, 세탁기 완비

■ 시흥 정왕25시점 ■

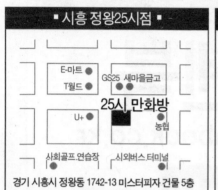

경기 시흥시 정왕동 1742-13 미스터피자 건물 5층
031) 319-5629

■ 강북 노원역점 ■

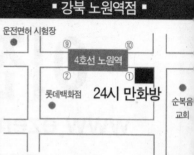

서울 노원구 상계동 340-6 노원역 1번 출구 앞 3층
02) 951-8324 (화용빌딩 3층)

■ 일산 정발산역점 ■

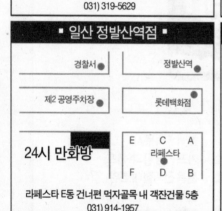

라페스타 E동 건너편 먹자골목 내 객잔건물 5층
031) 914-1957

■ 일산 화정역점 ■

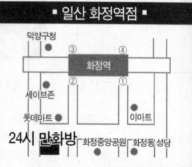

경기도 고양시 덕양구 화정동 984번지 서일빌딩 7층
031) 979-4874 (서일사우나 건물 7층)

■ 부천 역곡역점 ■

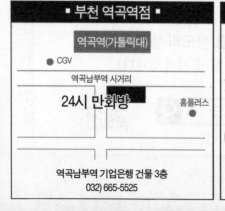

역곡남부역 기업은행 건물 3층
032) 665-5525

■ 부평역점 ■

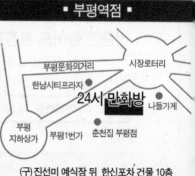

(구) 진선미 예식장 뒤 한신포차 건물 10층
032) 522-2871

2016년의 대미를 장식할 최고의 스포츠 소설!!

Career record : 984W 26L
Career titles : 95
Highest ranking : No.1(387weeks)
Grand Slam Singles results : 23W
Paralympic medal record : Singles Gold(2012, 2016)

**약 십 년여를 세계 최고로 군림한 천재 테니스 선수.
경기 내내 그의 몸을 지탱하고 있는 것은…… 휠체어였다.**

『그랜드슬램』

**휠체어 테니스계의 신, 이영석(32).
그는 정상의 자리에서도 끝없는 갈망에 사로잡혀 있었다.**

"걷고 싶다, 뛰고 싶다. …날고 싶다!!"

뛸 수 없던 천재 테니스 선수
그에게, 날개가 달렸다!!!

Book Publishing CHUNGEORAM

유행이 아닌 자유추구 –
WWW. chungeoram.com

GAME BALL

게임볼 설경구 장편 소설
FUSION FANTASTIC STORY

무명의 야구인이었던 남자,
우진이 펼치는 야구 감독으로서의 화려한 일대기!

『 게임볼 』

"이 멤버로 우승을 시키라고?"

가상 야구 게임,
게임볼을 통해 인생 역전을 꿈꾸는

한 남자의 뜨거운 행보에 주목하라!

Book Publishing CHUNGEORAM

유행이 아닌 자유추구 -
WWW. chungeoram.com

투신
강태산

박선우 장편소설

FUSION FANTASTIC STORY

무림을 휩쓸던 '야차(夜叉)'가 돌아왔다.

『투신 강태산』

여행사 다니는 따뜻한 하숙생 오빠이자
국가위기 특수대응팀 '청룡'의 수장.
그리고 종합격투기계를 휩쓸어 버린 절대강자.
전 세계를 무대로 펼쳐지는 투신 강태산의 현대 종횡기!!

"나는, 나와 대한민국의 적을, 철저하게 부숴 버릴 것이다."

서러웠던 대한민국은 잊어라!
국민을 사랑하는 대통령과 절대강자 투신이 만들어 나가는
새로운 대한민국이 펼쳐진다!!

Book Publishing CHUNGEORAM

유행이 아닌 자유추구 ~
WWW.chungeoram.com